ÜBER DIE AUTORIN

Tanja Binder, geboren 1969, studierte Kunstgeschichte, Anglistik und Germanistik sowie Management von Kultur- und Non-Profit-Organisationen. Sie hat viele Jahre als Redakteurin und freiberufliche Journalistin gearbeitet und ist heute in der Presse- und Öffentlichkeitsarbeit tätig. 2012 erschien ihr Fachbuch „Web 2.0-Anwendungen im Marketing von Kunstmuseen. Eine kritische Auseinandersetzung" bei Springer VS. Außerdem schreibt Tanja Binder Kurzgeschichten (u. a. „Hellmuths Garten" in: „Mordskohl", Schardt Verlag 2013; „Kleines Glück" in der Jubiläumsanthologie der Literatur-Offensive Heidelberg 2014). „Meine Toten" ist ihr erster Roman.

ÜBER DEN KÜNSTLER

Der Maler, Grafiker und Illustrator Alexander Horn lebt und arbeitet in Mannheim und Ludwigshafen am Rhein. Alexander Horn war an diversen Buchveröffentlichungen beteiligt, u. a. „Der blutige Ernst" von Patrick Seyboth (Syrinx Verlag 1995) und „Inseln und Archipele: Kulturelle Figuren des Insularen zwischen Isolation und Entgrenzung" (Transcript Verlag 2011).

TANJA BINDER

MEINE TOTEN

Roman

MIT ILLUSTRATIONEN
VON
ALEXANDER HORN

Bibliografische Information der Deutschen Nationalbibliothek: Die Deutsche Nationalbibliothek verzeichnet diese Publikation in der Deutschen Nationalbibliografie; detaillierte bibliografische Daten sind im Internet über www.dnb.de abrufbar.

© 2014 Tanja Binder
Lektorat: Textlabor Sust | Angelika Sust, Berlin; www.textlabor-sust.de
Gestaltung & Produktion: Stefanie Britting, Mannheim
Illustrationen: Alexander Horn
Herstellung und Verlag: BoD – Books on Demand, Norderstedt

ISBN: 978-3-7357-8674-6

Für meine Großmütter.

„ARM IST, WER DEN TOD WÜNSCHT,
ÄRMER WER IHN FÜRCHTET."

Sprichwort

PROLOG

Stillstand. Ruhe.
Ganz ruhig. Ganz still. Totenstill.
Nichts bewegt sich.
Nichts bewegt sich mehr.
Die totale Stille.
Kein Entkommen. Festgesetzt. Festgefahren. Stillgelegt.
Nur die Gedanken kreisen.
Kreisen weiter.
Unablässig.
Umkreisen die Stille, die Ruhe, die Starre.
Umkreisen die Kälte.
Gedanken erfrieren.
Bewegung tiefgekühlt, schockgefrostet.
Man könnte aufatmen: endlich eine Pause.
Pause machen vom Leben.
Anhalten, durchatmen.
Könnte man. Man könnte.
Doch man will weiter.
Weiter gehen.
Weiter leben.

2009

SCHNEE UND EIS
ODER: IST SO KALT DER WINTER

„Tür zu!", schreit die Alte quer durch den Waggon. „Es zieht!"
Recht hat sie. Es zieht. Und wie. Wie Hechtsuppe, hätte meine Oma gesagt. Und es quietscht. Quälend, dieses Quietschen. Gänsehaut in den Ohren, Gänsehaut unterm Mantel.
Als wäre das nicht genug, wird der Zug langsamer und langsamer und kommt endlich mit einem müden Ächzen ganz zum Stehen.
„Was ist denn los?" Meine Sitznachbarin schaut verunsichert auf, klappt ihre Zeitschrift zu.
„Geht sicher gleich weiter", sage ich entschuldigend – als ob ich die zuständige Verantwortliche wäre. „Hoffe ich jedenfalls. Muss nämlich meinen Flug erwischen", erkläre ich, doch sie hört mir gar nicht zu. Nervös flattert ihr Blick von links nach rechts und landet schließlich wieder auf ihrem Magazin.
Draußen wird es langsam dunkel. Mein Blick gleitet über Schneehügel. Ein Hügel reiht sich an den anderen. Aufgereiht wie die Waggons unseres Zuges. Fast scheinen sie von innen zu leuchten, so weiß erstrahlen sie.
Die Lok fährt an. Erleichtert sinkt die Frau neben mir tiefer in ihren Sitz. Sie muss Mitte, Ende dreißig sein. Schwer zu schätzen. Glatte Haut, ja, aber Ringe unter den Augen. Sie sieht müde aus.
Ihre Entspannung währt nur kurz. So kurz wie unsere Fahrt. Kraftlos und resigniert erklingt das Quietschen der Bahn diesmal, als sie erneut stoppt.

„Jessas!", ruft meine Nachbarin auf und packt mich jäh am Arm. Ihr Griff ist überraschend fest, der Rest der zierlichen Person bebt kaum merklich. Friert sie?

„Na, na, das wird schon", beruhige ich sie und berühre – wenn auch widerwillig – sanft ihre Greifhand. „Ist sicher nur 'ne kleine Panne. Bestimmt machen die gleich eine Durchsage", rede ich auf sie ein und erreiche, dass sie ihren Schraubstockgriff ein wenig lockert. „Wir fragen gleich mal den Schaffner, wenn er vorbeikommt."

Endlich lässt sie mich los. Ich reibe meinen Unterarm und mustere sie von der Seite. Sie hat etwas von einem Vogel, der aus seinem Nest gefallen ist und sich nun neu orientieren muss. Ihre blasse Haut schimmert dünn wie Butterbrotpapier, aus dem scharfkantig eine große Nase herausmodelliert ist, die ihrem Gesicht einen entschlossenen Ausdruck verleiht. Dazu grüne Augen. Ein Gummiband hält ihr glattes, stumpf-schwarzes Haar im Nacken zusammen.

Wir warten. Aus den Polstern – oder kommt es von den Vorhängen her? – weht ein muffiger Geruch in meine Nase, durchsetzt mit einem Spritzer billigem Zitrusreiniger und einem Hauch gekochter Eier. Ich schaue aus dem Fenster. Kann kein Anzeichen dafür finden, warum wir hier stehen, mitten im Niemandsland, zwei Tage vor Heiligabend.

Vor meinem Fenster ragt stolz eine Eiche empor. Obwohl ihre Äste kahl in den winterlichen Himmel greifen, strahlt sie eine vornehme Würde aus. Sie steht auf dem kleinen Hügel, als wäre er ihr persönlicher Thron. Allein ihre stattliche Größe – sie mag wohl über zwölf Meter hoch sein – verhilft ihr zu dieser Erhabenheit. Ihr Anblick beruhigt mich. Meine Abteilgenossin holt mich mit ihrem fahrigen Hin- und Herrutschen auf der Sitzbank in die Realität zurück.

„Oh Gott, und wenn wir hier nun festsitzen? Sicher geht die Heizung auch nicht mehr. Wir werden erfrieren", schwatzt sie pessimistisch vor sich hin und durchwühlt währenddessen ihre Handtasche, die in ihren Ausmaßen einer Reisetasche in nichts nachsteht. Panisch gräbt sie sich tiefer und tiefer hinein und angelt schließlich ihr Handy heraus. Zitternd klappt sie es auf. Fast fällt es ihr aus der Hand. Wählt, verwählt sich, flucht, legt auf, wählt wieder, diesmal richtig, wartet, legt auf, wählt noch einmal, wartet wieder, flucht noch einmal, klappt es zu und feuert es mit einem knarzigen „Verdammt noch mal, kein Empfang!" zurück in ihren schwarzen Riesenlederbeutel.

Eines weiß ich: Wenn ich sie lasse, wird mir diese Frau den letzten Nerv rauben. Und während ich noch überlege, was ich dagegen tun könnte – sie vor die Tür setzen, knebeln, das Abteil wechseln? –, wird kraftvoll die Schiebetür der alten Bahn zur Seite gestemmt und mit einem schneidend-kalten Windzug kommt ein Anorak in unser Abteil hereingestapft. Er wischt sich mit klobigen Handschuhen Flocken von Brust, Schultern und Armen, schimpft „So ein Sauwetter" und schiebt seine Kapuze nach hinten. Es ist unser Schaffner, dem sich nun die Hektikerin mit ihrem gesammelten Fragenkatalog in den Weg stellt.

„Warum stehen wir hier in dieser Einöde? Was ist denn passiert? Wann fährt der Zug endlich weiter?", sprudelt es ungebremst aus ihr heraus.

Der Schaffner zuckt mehrfach hintereinander zusammen, als würden ihre Fragen wie Hagelkörner auf ihn niederprasseln.

„Die Oberleitung ist vereist", setzt er zu einer Erklärung an.

„Na und?", unterbricht ihn meine Nachbarin.

„Da kann man nichts machen", zuckt er mit den Achseln, „weil ja auch die Zufahrtsstraßen zugeschneit sind", so seine lapidare Antwort. „Wir müssen warten."

„Wie lange denn?", jammert sie.

„Weiß nicht", erwidert der Bahnangestellte und zieht sich, vielleicht als Schutz vor weiteren Fragen, seine Kapuze wieder tief ins Gesicht.

Ich schnaufe laut. Wie nervig! Weiter warten. Nicht meine Königsdisziplin, das Warten. Und in einem hatte meine neue Bekannte leider recht: Die Heizung ist ausgefallen.

Der Schaffner entschuldigt sich nuschelnd und eilt schnell weiter ins nächste Abteil, bevor sich unser angestauter Zorn über ihm entladen kann.

„Wer wird sich denn um meine Tiere kümmern, wenn wir hier noch länger feststecken?", fragt sich meine Nachbarin laut.

„Was haben Sie denn für Tiere?", frage ich und sie erzählt von ihrem Papagei Frodo, der Katze Milka und dem Meerschwein Ilja, mit denen sie ihre Wohnung teilt.

„Meine Nachbarin kümmert sich um die Drei, aber morgen fährt sie auch weg, über die Feiertage zu ihrer Familie", erklärt sie mir.

„Bis dahin ist ja noch viel Zeit", versuche ich sie zu beruhigen. Sie starrt mich an, als wäre ich eine Schlange und sie das Kaninchen, das ich hypnotisiert habe.

„Wir werden doch nicht sterben müssen?", fragt sie mich unvermittelt.

„So ein Quatsch!", entfährt es mir. Zu barsch? „Natürlich nicht", lenke ich milder ein.

Ihr Blick ist Tränen verhangen. Ich fühle mich schlecht. War ich gemein? Hastig stelle ich mich vor: „Ich heiße übrigens Anna. Anna Schuster." Reiche ihr die Hand.

„Sibylle Heim, hallo", erwidert sie, schüttelt meine Hand kräftig und ein Lächeln umkämpft ihre traurigen Mundwinkel.

„Haben Sie denn keine Angst?", fragt sie mich nach einer Weile.

Ich überlege. „Jetzt? Eigentlich nicht. Wovor auch?", frage ich zurück.

„Na, vor dem Tod?", murmelt sie leise mit gesenktem Kopf.

„Da müsste man ja ständig Angst haben." Ich zucke mit den Schultern.

Doch Sibylle starrt einfach nur weiter geradeaus, mit bleichem Gesicht und eingefrorener Mimik.

„Sollen wir uns nicht duzen?", schlage ich vor.

Kalkweiß fixiert sie die zerschlissene Polsterung vor sich, deren Muster in den vergangenen Jahren um ein paar Flecken unbestimmter Herkunft und ein Brandloch erweitert wurde. Sie nickt.

„Als Kind hatte ich auch mal ein Meerschwein", erinnere ich mich. „Und eigentlich hat seine Geschichte auch etwas damit zu tun, warum ich den Tod nicht fürchte, nicht mehr", fahre ich fort, ins Blaue hinein. Was sage ich da? Bin von mir selbst überrascht.

„Erzählen Sie!", fordert sie mich auf. „Erzähl, meine ich", verbessert sie sich schnell und schickt einen flehenden Augenaufschlag hinterher. Ein bisschen Ablenkung könnte uns beiden nicht schaden. Wird uns das Warten verkürzen. Also fange ich an und erzähle ihr eine Geschichte. Meine Geschichte. Die Geschichte meiner Toten.

1976/77

HÄKELGESCHIRR UND SALATGURKEN
ODER: DER TAG, AN DEM DIE WÜRMER SIEGTEN

Mit einem Knall schwang die Küchentür auf und Opa Boris stampfte in dicker Wintermontur über die Schwelle. Rote Backen, rote Nase.

„Kalt ist es geworden", sagte er und schüttelte sich, als versuche er, die Kälte abzustreifen. Er drängte sich an den heißen Ofen, öffnete die Herdklappe und warf – als wolle er seinen Worten Nachdruck verleihen – ein Holzscheit hinein, das er von draußen mitgebracht hatte. Warum nur eins? Diese Frage stellte Anna sich nicht. Sie war acht Jahre alt und verbrachte die Winterferien bei ihren Großeltern.

An ihrem letzten Schultag vor Weihnachten war Anna schneller nach Hause gerannt als sonst. Normalerweise vertrödelte sie zusammen mit ihrer Freundin Sabine gerne die Zeit. Sie stritten sich mit den Jungs aus ihrer Klasse, ärgerten die älteren Mädels aus der Hauptschule. Letzteres aber nur, wenn Anna es nicht irgendwie verhindern konnte. Sabine hatte einen Riesenspaß daran. Sie war extrem frech und unerschrocken und konnte sehr, sehr schnell laufen. Anna war in all diesen Aspekten das Gegenteil, weshalb solche kleinen Abenteuer auf dem Nachhauseweg für sie zu gefährlichen Mutproben auswachsen konnten. Während Sabine längst sicher hinter dem heimischen Hoftor kauerte, schaffte es Anna meistens nicht einmal die Straße hinauf, sondern fand sich bereits nach wenigen Metern Auge in Auge mit gewaltbereiten jungen Frauen wieder, von denen sie aus Erfahrung wusste, dass es keinen Sinn machte, an ihr Mitleid zu appellieren.

Jedenfalls brauchten die beiden – mit oder ohne Zwischenfälle – für die Zehn-Minuten-Strecke üblicherweise mindestens eine halbe Stunde, meistens sogar eine ganze. Das war in Ordnung, denn zu Hause wartete niemand auf sie. Zumindest niemand, dem es nicht egal gewesen wäre, ob sie eine Stunde früher oder später ankamen.

Doch an jenem Freitag war es anders. Im Gehen hatte sie noch „Tut mir leid, ich kann heut nicht", zu Sabine auf dem Schulhof gerufen. Nach einer Viertelstunde war Anna daheim. Sie flitzte hoch in die Wohnung, riss den Schrank auf, zerrte ihre Lieblingskleider heraus und stopfte sie in eine beige, fleckige Segeltuchtasche. Ein paar Bücher dazu, fertig. Etwas komplizierter wurde das Verpacken von Muckido Delicatio Francesco Molino, der trotz seines komplizierten Namens eigentlich überhaupt nicht anspruchsvoll war: Eine kleine Ecke zum Schlafen, eine alte Möhre, ein welkes Blatt Salat oder ein Stück Gurke genügten ihm zur Glückseligkeit. Mucki war ein Meerschweinchen und musste samt Käfig, Streu und Futter so verschnürt werden, dass er transportfähig war – und zwar auf Oma Ritas Fahrrad.

Anna kämpfte noch mit Tüten und Taschen, da klingelte es schon. „Hallo, mein Kind!", rief die Großmutter entzückt und drückte und herzte ihre Enkelin, dass dieser der Brustkorb wehtat. Trotzdem wollte Anna, dass Oma nicht mehr aufhörte damit. Das war der Auftakt von vier wunderbaren Wochen, Weihnachten und Silvester inklusive.

Wie gut, dass Opa Boris ein Verpackungsgenie war. Natürlich hatte er ein paar Stricke, starke Gummibänder und einen Expander mitgebracht. Es gab nichts, was er nicht mit einem Gummi oder einer kräftigen Schnur zu reparieren wusste. Der Deckel seiner Mülltonne war seit Jahren nur festgebunden, der Griff der Kehrschaufel mit Einmachgummis fixiert. Was aus dem Leim ging, bekam von ihm einen Strick verpasst. Es stand also außer Frage, dass er Mucki und seine Habseligkeiten ohne Mühen binnen weniger Minuten verschnürt haben würde. Und so war es auch. Die Überfahrt konnte beginnen.

Anna saß hinten auf Opas Rad und klammerte sich an der Sattelfederung fest. Sie war ein Spätzünder, was das Fahrradfahren betraf – und nebenbei bemerkt auch in Bezug auf viele andere Dinge –, und der festen Überzeugung, sie könne genauso gut mit dem Kettcar überall hinfahren. Die Erwachsenen sahen das anders und so blieb ihr oft nur der Gepäckträger. Etwas unwürdig fand sie das schon und hoffte inständig, unterwegs keine Klassenkameraden zu treffen.

So pflügten sich die Drei durch Schnee und Wind, mit Mucki in seinem Käfig, festgeschnürt auf Omas Gepäckträger. Sie quälten sich wie fahrende Händler über den schmalen Fußgängerweg der Eisenbahnbrücke und den Berg hinauf zum Haus der Großeltern, Hort der Geborgenheit. Besonders im Winter bei knisterndem Holzfeuer und Bratäpfeln, von denen immer – wirklich immer, das ist keine Übertreibung – eine Pfanne voll auf dem Ofen bereitstand.

Äpfel waren bei den Großeltern von jeher, in jeder Form sehr beliebt.

„Ich esse jeden Tag einen Apfel", erklärte Opa Boris – jeden Tag. „Das hält mich gesund!" Tatsächlich waren es bestimmt drei oder vier Äpfel, die er täglich roh verzehrte. Dazu mindestens eine Aspirin, gleich als Prophylaxe am Morgen, direkt nachdem er sich die Brust mit Mentholsalbe eingeschmiert hatte. Einmal pro Woche ging er zum Arzt. Irgendein Wehwehchen fand sich immer. Ja, es stimmte: Opa Boris war Hypochonder.

Es war an einem Januartag 1977, an Neujahr oder kurz danach. In der Küche duftete es nach frischem Hefezopf mit zerlaufener Butter und heißem Kakao. Opa Boris stieg aus Wintermantel und Gummistiefeln und setzte sich auf seinen Platz am Fenster, um sich den ersten Apfel des Tages zu schälen. Die geringelte Schale kroch unter seinen Händen wie eine Schlange auf die abgewetzte Wachstischdecke. Oma Rita klapperte mit dem Geschirr und Anna kauerte unterm Küchentisch. Da lümmelte sie oft herum, seit sie das Meerschwein besaß. Denn Mucki liebte es, sich hinter Möbeln zu verstecken, um dort in aller Ruhe die unterschiedlichen Stromkabel anzuknabbern, während Opa mit einem zufriedenen Schmatzen einen Apfelschnitz nach dem anderen in seinem Mund zermalmte.

„Willst du auch?", fragte er seine Enkeltochter. „Ist gesund, jeden Tag einen Apfel essen", hob er an und Oma rollte die Augen.

„So gesund und noch dazu so günstig, aus dem eigenen Garten …"

„Nein, danke."

Anna suchte Mucki. Wo war er bloß? Sie hatte ihn heute noch gar nicht gesehen.

„… und lecker, saftig, süß …"

Hoffentlich hat ihm der Kabelsalat diesmal nicht doch zu gut geschmeckt.

„Mucki!", rief Anna und krabbelte zu seinen Lieblingsplätzen unterm Sofa, hinter der Nähmaschine und dem Küchenbüfett.

„Wo ist er denn nur?"

Fragend tauchte Anna wieder auf. Oma schaute sie seltsam an. Opa schaute sie seltsam an.

„Was ist?", fragte sie mit bebender Stimme. „Was ist los?"

„Ja, Anna, weißt du, das ist so …", hob Oma an.

„Tot ist er. So, jetzt weißt du's", fiel Opa ihr rumpelnd ins Wort.

„Was!!", schrie Anna. „Wie kann das sein? Mucki tot? Gestern war er doch noch putzmunter …"

„Er war innen von Würmern zerfressen. Musste ihn erlösen", erklärte Großvater kurz und knapp und schob sich den nächsten Apfelschnitz zwischen seine schmalen Lippen.

Meine Güte! Erlösen – was bedeutete das? Was hatte Opa getan? Ihn getötet? Oh Gott! Musste das sein? Sie hätten doch erst mal mit ihm zum Arzt gehen können. Oder ihm eine Kur aus Äpfeln und Aspirin verabreichen … Hätte sie sich doch wenigstens von ihrem wuscheligen Begleiter verabschieden können.

Das alles und noch viel mehr ging ihr gleichzeitig durch den Kopf. Sie war völlig geschockt, verstand die Welt nicht mehr – und vor allem verstand sie ihren geliebten Opa nicht, der ihrem Freund so kaltherzig ein Ende gesetzt hatte. Erst später erkannte Anna den Liebesbeweis, den Opa ihr erbracht hatte: Empathisch und energisch hatte er dem von Würmern zerfressenen Meerschwein ein Holzscheit über den kleinen Pelzkopf gezogen. Und danach die Spuren seiner Tat verbrannt.

Aber als Achtjährige sah sie die Dinge selbstredend etwas anders. Anna heulte. Wütend trat sie gegen den Ofen und rannte hinaus in den Flur, stürzte blind in Jacke und Schuhe, weiter durch den Garten, auf die Straße, noch weiter, bis zum

Wald, an die Stelle, wo die alte Eiche stand. Unter ihren dicken Ästen setzte sie sich, laut schluchzend und weinend, in den Schnee.

Hier war ihr Geheimplatz. Anna und ihre Cousine Daniela nannten den Ort so, obwohl er ehrlich gesagt kein bisschen geheim war. Schließlich führte ein Fußweg an dem knorrigen Baum vorbei. Alle Kinder aus dem Dorf kamen zum Spielen her.

Der Baum war riesig und wurde ganz oben, kurz unter der Spitze, von einer Plattform bekrönt, die ausschließlich die besten, größten und mutigsten Kletterer erreichten. Anna selbst war nur ein einziges Mal dort oben – und hat es sofort bereut. Denn Klettern war nicht ihre Sache und allein die Angst vor einer Horde verrückt gewordener Jungs hatte sie überhaupt so weit nach oben getrieben. Und ihre Freundin Sabine natürlich, die sie unverdrossen anfeuerte: „Los, komm mit, du schaffst das!" Und: „Die erwischen uns sonst und verprügeln uns bestimmt!" Und ja, tatsächlich, hatte Anna es irgendwie nach oben geschafft. Es war gar nicht so schwer gewesen. Toll! Vielleicht war sie gar nicht so schlecht im Klettern, wie sie immer selbst von sich annahm? Gar nicht so ängstlich, vorsichtig, tollpatschig?

Die Jungs waren längst weg, die Sonne ging langsam unter, als Anna immer noch regungslos oben hockte und Sabine gegenüber behauptete, es sei so super da oben, sie wolle nie mehr hinunter. Innerlich bibberte sie vor Angst und Kälte, die wie zwei Verbündete langsam unter ihrem Anorak an ihr hinaufkrochen. Worauf hatte sie sich da eingelassen? Sabine war schuld, das war mal klar. Immer brachte sie Anna in solch ausweglose Situationen.

„Wäre ich doch zu Hause geblieben und hätte mit meiner Puppe gespielt oder was gemalt oder gelesen oder hätte, ach, was weiß denn ich, gemacht", dachte Anna. Zu spät. Sie saß fest.

Sabine, die längst wieder mit beiden Beinen auf sicherem Waldboden gestanden hatte, kletterte erneut hinauf, befahl der bibbernden und schniefenden Freundin Schritt für Schritt den Abstieg. Langsam und mühselig ging es. Irgendwann war Anna unten. Mit schlotternden Knien und weichem Herz.

Fest stand: Nie mehr würde sie den Baumwipfel erklimmen. Lieber eine Tracht Prügel einstecken. Lieber als Angsthase beschimpft werden. Lieber allein mit Puppen spielen. Oder Verstecken hinter Möbelstücken mit dem Meerschwein.

Aber das ging ja nun gar nicht mehr. Sind zwei Jahre ein zartes oder ein stolzes Alter für einen kleinen Nager? Erlebt hatte er jedenfalls einiges mehr als andere seiner Artgenossen. Anna hatte ihm im Handarbeitsunterricht ein zweifarbiges Geschirr gehäkelt – in einem kräftigen Orange mit Tannengrün – und führte ihn darin durch die Vorstadtsiedlung Gassi. An der Ecke trafen sie Sabine und ihr Zwergkaninchen, das sein bester Freund wurde. Zu süß, wenn Mucki und – oh ha! – Schnucki nebeneinander auf der Wiese spielten und sich um Karottenstückchen balgten.

Nur schade, dass ihnen die Barbie-Kleidchen nicht passten, da war nichts zu machen. Kurz wurde eine Scherung in Erwägung gezogen, doch mangels der notwendigen technischen Gerätschaften wieder verworfen.

Zwei Jahre mit Mucki. Er war ein treuer Kerl, schaute Anna bei den Hausaufgaben zu, spielte mit ihr Verstecken und Fangen auf dem Bett hinter ihren großen Plüschteddys. Kuschelte mit Anna und ließ sich immer streicheln. Mit Mucki war man nie allein.

Anna wohnte mit ihren Eltern im Haus der Schuster Oma. Ihren Vater sah sie häufiger, als ihr lieb war. Er war oft arbeitslos. Dann saß er in seinem hellbraunen Cordsessel, den er – wortwörtlich im Schlaf – in jahrelanger Kleinstarbeit mit einem Muster aus dunkelbraun geränderten Zigarettenlöchern dekoriert hatte, und las einen Roman nach dem anderen, von Konsalik bis Simmel und zurück.

„Das hast du von deinem Vater, dass du so gerne liest", sagte Schuster Oma bei jeder passenden Gelegenheit, die sich ihr bot. Im Stillen wünschte sich Anna, dass es das Einzige war, was sie mit ihm gemein hatte.

Bis in den späten Nachmittag hinein saß Heinz Schuster in seinem Sessel und las. Dann erhob er sich mit knackenden Gelenken, zog sich an und ging los in die nächste Kneipe. Manchmal kehrte er nachts so lautstark zurück, dass Anna wach wurde. Meistens aber sah sie ihn erst am nächsten Nachmittag wieder, fand ihn nach der Schule auf seinen durchlöcherten Polstern vor, gerade so, als wäre er nie weg gewesen.

„Hallo", sagte er ohne aufzublicken, wenn sie sich an ihm vorbei in ihr Zimmer schob.

Jeder hatte seine Aufgabe in der kleinen Familie: Der Vater las und versuchte, nicht zu viel zu trinken. Fürs Geldverdienen war Annas Mutter zuständig und Anna dafür, dass alle rechtzeitig aufstanden. Der Familienwecker stand am Kopfende ihres Bettes. Kurz bevor sie in die Schule loszog, weckte sie ihre Mama, damit diese pünktlich zur Arbeit kam.

Anna liebte ihre Mutter, bekam sie aber – aufgrund der erwähnten Arbeitsteilung – selten zu Gesicht. Erst abends kam sie von der Arbeit zurück, erschöpft, aber mit Brötchen. Die aßen sie gemeinsam zum Abendbrot. Mit Kalbsleberwurst und Gürkchen. Danach Joghurt oder Mandarinen. Gemütlich auf dem Sofa. Vor dem Fernseher. Mama legte ihre müden Beine der Tochter in den Schoß.

Wenn Anna tagsüber nach Gesellschaft zu Mute war, ging sie zu ihrer Oma. „Ist dir langweilig?", empfing die Schuster Oma ihre Enkelin im Hausflur. Sie hatte Anna die alte Holztreppe hinabtapsen gehört. Mit den Ellbogen hielt Oma die Türe auf, die mehligen oder fettigen Hände steil nach oben gereckt. Fast immer war sie gerade dabei, etwas zu backen oder zu kochen.

Am liebsten schaute Anna ihr beim Strudelbacken zu. Eine höchst diffizile Angelegenheit. Hatte der Teig endlich die notwendige und alles entscheidende Geschmeidigkeit, wurde er dünner als dünn über die ganze Tischplatte gezogen.

„Darf ich auch mal?", fragte Anna zaghaft.

„Dazu bist du noch zu klein, das kannst du nicht", war Oma sich sicher.

Anna ließ nicht locker, hat es aber nur ein einziges Mal geschafft, die Großmutter zu überreden, selbst Hand anlegen zu dürfen. Und was soll man sagen: Ihr Strudel wurde nicht weniger grandios.

Oma buk und buk und Anna staunte gebannt. Vor allem im Winter nahm das Backen gar kein Ende. Sie buken Mohnstrudel, Kirschstrudel, Quarkstrudel, Krautstrudel. Sie produzierten Apfelbitter, Klosterkipferl, Rumbombe. Sie brieten Schnitzel, Cordon Bleu und Palatschinken. Sie kochten Letscho, Gulasch und Fisolensuppe.

Oft kam Anna direkt morgens zum Frühstück zu ihr herunter. Manchmal mitten in der Nacht, wenn ein Alptraum sie am Weiterschlafen hinderte, ihr Vater sie aber nicht ins Elternbett ließ. Er ließ Anna nie hinein. Also stieg sie, leise schniefend, die dunkle Treppe hinab, schlich durch Flur und Wohnzimmer bis zur Schlafstube und robbte am Fußende unter die dicken Daunendecken zwischen Oma und Opa bis rauf aufs Kissen.

So hatte Anna ihre Zeit zwischen den Großeltern aufgeteilt: In den Ferien zu Opa Boris und Oma Rita, während der Schulzeit bei den Schusters Großeltern. Mucki war für die Zeit dazwischen zuständig. Gewesen.

Zum Abschied bekam Mucki ein festliches Begräbnis von Anna, Sabine und Schnucki ausgerichtet. Sie haben ihn – beziehungsweise das, was nach der Holzscheitbehandlung von ihm übrig war – an seinem Lieblingsplatz im Garten begraben. Gleich neben der Rosenhecke schaufelten sie den braun-weiß marmorierten Schnee zur Seite. Rücksichtsvoll hatte Opa Boris Muckis Leichnam in einer Tüte mit einem Gummiband, sagen wir mal, vakuumverpackt und in einem Schuhkarton vor Annas ängstlichen Blicken versteckt. Eigentlich wollte sie dem kleinen Kerl auf ein Puppenkissen gebettet das letzte Geleit geben. Eigentlich, denn dann hatte sie es nicht gewagt, noch einmal in die Schachtel hineinzuschauen und beschränkte sich darauf, den Pappsarg von außen zu bemalen, mit Karotten und Gurken, Salatblättern und Äpfeln.

Zu dieser Zeit schneite es viel und Muckis Grab sah wunderschön aus, ganz friedlich und verwunschen. Da wusste Anna, dass Mucki das glücklichste tote Meerschweinchen der Welt war.

Bis zum Frühlingsanfang hatte Anna die Sache fast vergessen. Bis das Tauwetter einsetzte.

Sie bekam mächtig Ärger mit der Schuster Oma.

„Warum denn? Wollte sie das Meerschwein nicht in ihrem Garten haben?", fragt Sibylle überrascht.

„Nein, nein, das war es nicht. Aber die Erde war gefroren gewesen, wir hatten Mucki gar nicht richtig vergraben, sondern nur unter den Schnee gelegt."

„Na und?"

„Na ja, als der Schnee geschmolzen war, stank es erbärmlich in dieser Ecke des Gartens. Und die Katze des Nachbarn kam mit ihren Freunden zu einer Art Stehimbiss vorbei", versuche ich einen Scherz.

Doch Sibylle lacht nicht. Die Tränen stehen ihr in den Augen. Hatte die Geschichte von Mucki sie an ihr eigenes Meerschwein erinnert? Statt sie abzulenken, habe ich ihr ihre Haustiere ins Gedächtnis gerufen, die sie allein zu Hause zurückgelassen hatte.

„Ilja knabbert auch so gerne an Kabeln", schnieft Sibylle. Ich denke, sie sucht ein Taschentuch, doch sie fischt wieder das Handy aus ihrem Lederbeutel.

„Ich hab' jetzt Empfang", sagt sie überrascht in meine Richtung. „Da versuche ich es gleich noch mal bei meiner Nachbarin." Während sie den Tönen ihres Telefons lauscht, starrt sie nachdenklich vor sich hin. Sie hat schöne Augen, leicht schräg gestellt, ein bisschen wie eine Katze, wenn sie nur nicht so unendlich leer dreinblicken würden.

„So ein Mist!" Sibylle legt das Handy weg und kramt erneut in ihrer Tasche. „Wo ist sie denn nur? Ich hab's vergessen, so ein verdammter …"

„Kann ich dir irgendwie helfen?" Ich habe das Gefühl, sie will, dass ich nachfrage.

„Nein, nein. Ich suche nur meine Schildkröte, mein Glücksbringer, ein Geschenk von Papa", erklärt mir Sibylle, „Muss sie wohl bei meiner Tante vergessen haben. Na, sie kann sie weiß Gott besser gebrauchen als ich." Sibylle verstummt. Blickt wieder ausdruckslos aus dem Fenster. Man kann den Mond sehen über den Schneehügeln.

„Bin da ein bisschen abergläubig", fährt sie unvermittelt fort und reibt das Handy in ihrer Hand. „Und jetzt erreiche ich meine Nachbarin nicht, hoffentlich ist das kein Zeichen?"

„Ach, so lange wird das hier sicher nicht mehr dauern", wiegle ich ab und versuche, auch mich selbst zu beruhigen. Schließlich will ich meinen Flug nicht verpassen. Auf Sibylle scheinen meine Worte nicht zu wirken. Sie rutscht auf der Bank vor und zurück und schaut unablässig auf ihre Armbanduhr.

„Davon geht die Zeit nicht schneller herum."

„Meine Serien hab ich verpasst."

Ich schaue sie fragend an.

„Ja, so zwei Fernsehserien, schaue ich jeden Tag. Jetzt weiß ich nicht, was passiert ist", erklärt sie mir bedeutungsvoll.

Ich nicke wissend, weiß aber gar nicht, was daran jetzt so schlimm sein soll. Ihr nervöses Getue wirkt allerdings ansteckend.

„Mucki war übrigens nicht der erste Tote, den ich zu beklagen hatte", nehme ich meinen Erzählfaden wieder auf. „Drei Jahre vor seinem Ableben debütierte ich in Sachen Tod. Ich war fünf, als meine Tantel starb."

Sibylle schaut zu mir. „Du meinst, deine Tante", korrigiert sie mich.

„Nein, ich meine tatsächlich meine Tantel …"

1974

RÖCKE UND SCHÜRZEN
ODER: WIE MAN DEM TOD ZUVORKOMMT

Annas Tantel hieß zwar Tantel, war aber nicht Annas Tante. Sie war nicht einmal mit Anna verwandt. Ihren richtigen Namen wusste Anna nicht. Die Tantel wohnte auch bei den Schusters im Haus, direkt unterm Dach. Seit jeher schien sie uralt. Sie war noch nie jünger und wurde nie älter. Stets war sie gleich alt, uralt. Ob ihre Haare schlohweiß oder silbergrau waren, konnte Anna nicht sagen. Sie hatte sie unter einem Kopftuch verborgen, das damals noch eine wichtige Rolle spielte im Katholizismus. Und Tantel war streng katholisch.

Sie trug unzählige Röcke übereinander und wickelte zu guter Letzt über den ganzen dicken Bausch eine schwarz glänzende Schürze, so wie das die Frauen in Csobánka seit jeher tun.

Wie Annas Großeltern kam auch die Tantel aus diesem ungarischen Landstrich, nördlich von Budapest. Und wie ihre Großeltern, war auch sie nach dem Zweiten Weltkrieg vertrieben worden, zurück nach Deutschland.

Man kann es den Ungarn nicht verdenken, denn wie Oma, Opa und Tantel oft versicherten, konnten sie alle nicht richtig Ungarisch sprechen. Nur weil sie mussten, hatten sie es notdürftig in der Schule gelernt, wenn möglich aber „Deutsch" gesprochen, wie sie ihr Kauderwelsch nannten, welchem dem Hören nach schwäbische Dialekte zugrunde lagen, veredelt mit einer österreichisch-ungarischen Tönung.

In Annas Gegenwart sprachen sie Hochdeutsch. Sofern es nicht etwas zu besprechen gab, das nicht für Kinderohren bestimmt war. Seltsamerweise wusste Anna, obwohl sie kein Wort dieser Geheimsprache verstand, trotzdem meistens, worum es gerade ging. In groben Zügen jedenfalls.

Wenn sie sich beispielsweise zu dritt über Annas Vater ausließen, seine Unzuverlässigkeit, seine Spiellust, seinen Durst. Dann bebten ihre Lippen unter den heftigen Wortkaskaden, die ihre erregten Gesichter ausstießen. Nach einem hitzigen Schlagabtausch und nachdem sich jeder mehrmals lauthals Gehör verschafft hatte, wiegten sie zum Abschluss traurig ihre Köpfe hin und her, tupften sich mit ihren Stofftaschentüchern Schweißperlen von der Stirn. Das Rot ihrer erbosten Backen verblasste nur langsam und die zornigen Augenbrauen legten sich in eine mitleidsvolle Schräge.

Dieser Gesichtsausdruck gefiel Anna gleich viel besser an ihrer Tantel, die eine liebe, warmherzige Frau war. Sie erbarmte sich der Kleinen, wenn ihr langweilig war, und nahm sie mit auf den Friedhof, wo die Tantel am liebsten ihre freie Zeit verbrachte. Dort half Anna ihr bei der Grabpflege, füllte die Gießkanne mit frischem Wasser und brachte das braune Laub und abgebrochene Äste zur Mülltonne neben dem gusseisernen Eingangstor.

„Gegrüßet seiest du, Maria, voll der Gnade. Der Herr ist mit dir. Du bist gebenedeit unter den Frauen …", murmelte die Tantel monoton, das Kinn auf die Brust gedrückt, als spreche sie mit dem Knoten ihres Kopftuchs. Anna stellte sich vor, dass sie darin einen Sender versteckt hatte, der ihre Worte direkt in den Himmel zum lieben Herrgott übertrug.

Rhythmisch schob die Tantel eine Perle ihres Rosenkranzes nach der anderen weiter. Noch vor Kurzem hat dieses Schauspiel auf Anna eine ungeheure Faszination ausgeübt. Jetzt war es nur mehr das Signal, dass sie nun frei hatte und ein Weilchen die Grabreihen auf und ab hüpfen konnte. Es dauerte fast eine Stunde, bis die Tantel ihre Gebete vor den Gräbern aller Verwandten absolviert hatte.

Anna begann ihr Lieblingsspiel und stellte sich vor, wer unter den unzähligen Erdhügeln lag. Hier unter den pompösen weißen Marmorsäulen beispielsweise ruhte sicher ein uralter Herrscher, ein König ohne Königreich, aber mit buschigen Augenbrauen und einem rauschenden Bart, so wie der des Weihnachtsmannes.

„Und gebenedeit ist die Frucht deines Leibes, Jesu. Heilige Maria, Mutter Gottes ...", erklang es dumpf aus der Ferne.

Unter einem Holzkreuz standen bunte Stiefmütterchen in Plastiktöpfen. Hier lag bestimmt eine einstige Grundschullehrerin, die zu Lebzeiten überaus bescheiden war, ja, sich sogar den Mann sparte und alleine lebte, nur für die Schule und ihre Schüler.

„Bitte für uns Sünder, jetzt und in der Stunde unseres Todes ..." Das wievielte Mal hatte sie das aufgesagt?

Ein hoher Erdhügel wurde von einem üppigen Gesteck aus Rosen – noch ganz frisch – bekrönt, daneben saftig grüne Kränze mit breiten Schleifen, auf denen in Gold und Silber Buchstabenreihen glänzten.

„Die Schmidts-Rosa liegt hier."

Erschrocken zuckte Anna zusammen. Die Tantel war unbemerkt hinter sie getreten.

„Autounfall. Schad' drum, war noch so ein junges Ding." Sie zuckte seufzend mit ihren schmalen Schultern. „Komm', wir gehen heim", sagte sie und streckte Anna ihre faltige kleine Hand entgegen, die mit unzähligen, verschieden braunen Flecken übersät war, vor denen Anna sich an manchen Tagen fast ekelte. Schnell umschloss sie mit ihrer Hand die der Tantel, bedeckte hastig die Pergamenthaut und trabte neben ihr her.

Wann immer möglich begleitete Anna die Tantel auf den Friedhof. Im Gegenzug brachte die Tantel die Kleine morgens in den Kindergarten und holte sie mittags wieder ab.

Anna war fast fünf, als sie endlich in den Kindergarten kam. Die geburtenstarken Jahrgänge waren Schuld. Zu viele Kinder. Wer Großeltern hatte, blieb erst einmal daheim. Und so wurde Anna, noch vor dem eigentlichen Start in ihr gesellschaftliches Leben, quasi aus der Not heraus – oder war es Schicksal? – zur Außenseiterin.

Wenn sie ehrlich war: Vor anderen Kindern hatte sie Angst. Sie hatte ihre ersten Lebensjahre mit Erwachsenen verbracht. Kinder hingegen schienen ihr unberechenbar. Konnten aus heiterem Himmel gellend losschreien, einen ans Schienbein treten, auf den Kopf schlagen oder ihre schmutzigen, krummen Fingernägel in Annas zarte Gesichtshaut graben. Anna fand das wenig amüsant und hielt sich lieber an die Erwachsenen. An deren Marotten hatte sie sich gewöhnt.

Im Kindergarten spielte Anna am liebsten unter den schützenden Augen der Gruppenleiterin. Sie hieß Frau Schnabel und überzeugte mit einer unglaublich imposanten Afro-Look-Haarpracht in Honigblond über einer ernsten, dunklen Hornbrille. Frau Schnabel wusste – das konnte ein jeder sehen –, Andersartigkeit selbstbewusst nach außen zu vertreten. Das würde Anna wohl oder übel auch lernen müssen.

Anna hatte weder rosa noch lila Kleider. Ihre Hosen – Hosen! – waren rot und aus Cord, an den Knien abgewetzt und wenn sie zu kurz wurden, kamen unten gehäkelte Verlängerungsbordüren dran, wodurch Annas Chancen auf eine Aufnahme in die Rosa-Rüschen-Clique, zu der sich die tollsten Mädchen gleich bei Eintritt in den Kindergarten zusammengeschlossen hatten, auf Null sanken.

Wenn die Kirchturmglocken gegenüber zwölfmal läuteten, hüpfte Annas Herz vor Freude. Sie hatte den Kindergartenvormittag geschafft! Kurz darauf stand die Tantel in der Tür. Ihre wallenden Röcke füllten den Rahmen komplett aus. An ihr kam keiner vorbei. Mit ihren schwarzen Kleidern und dem dunklen Kopftuch sah sie aus, als käme sie aus einer anderen Welt.

Anna konnte sich nicht erinnern, ob sie außer den Gängen zum Kindergarten und Friedhof noch etwas anderes zusammen gemacht hatten. Aber als die Tantel starb, war Anna am Boden zerstört. Obwohl sie gar nicht recht begreifen konnte, was das bedeutete: „tot sein". Außer dass sie nun alleine in den Kindergarten musste.

Nun ging es ein letztes Mal mit der Tantel zum Friedhof. Missmutig stapfte Anna hinter ihrem Sarg her. Missmutig, weil sie von Oma in ein neues, schwarzes Samtkleid gezwängt worden war. Unter ihren ebenfalls neuen Schuhen – Lack natürlich – ächzte der Rindenmulch auf dem Weg zur Kapelle. Man ging wie auf Wolken. Anna fragte sich, ob ihre Tantel ein Kopftuch trug und wer nun ihrer statt Kontakt zu Gott aufnehmen würde, damit er sie oben empfangen konnte. Da kreuzte ein Eichhörnchen ihren Weg und wuselte auf eine Tanne bis zur Spitze empor. Das musste er gewesen sein, da war Anna sich sicher.

Anna flüsterte ihm ein „Pass gut auf sie auf!" hinterher.

„Was sagst du?", fragte ihre Oma irritiert.

„Nichts."

Schweigend standen sie am Grab. Dass Anna gar nicht weinen musste, machte ihr selbst etwas Sorge.

Jetzt war sie an der Reihe. Sollte vortreten und mit einer Schaufel Erde auf den Sarg schippen. Wollte aber nicht. Spürte eine Hand, die sie mit sanftem Druck nach vorne drängte. Anna musste. Und jetzt ging es los. Die Tränen flossen. Längst waren sie auf dem Heimweg, doch sie konnte nicht mehr aufhören zu weinen. Um nicht innerlich zu vertrocknen, trank sie zu Hause drei große Gläser Wasser. Paradoxerweise hörte danach die Heulattacke auf und setzte erst zwei Tage später ein: als Anna am Montag das erste Mal alleine zum Kindergarten musste.

Anna war erwachsen, als sie erfuhr – über Umwege, wie das manchmal so war –, dass ihre Tantel sich das Leben genommen hatte. Sie hatte sich erhängt. Um dem Tod zuvorzukommen. Die Tantel war davon überzeugt gewesen, an Krebs zu leiden. Hautkrebs. In Wahrheit aber war sie kerngesund.

Als der Arzt diese Ironie des Schicksals der Schuster Oma verkündete, brach selbst die sonst so resolute Frau in ein verzweifeltes Schluchzen aus. Alle Anspannung schien mit den Tränen aus ihr herauszufließen. Schließlich war sie es gewesen, die Annas Tantel am Dachstuhl baumelnd gefunden hatte, die schweren Röcke wie eine Glocke um die weißen Beine gehüllt.

„Wie entsetzlich!" Sibylle schlägt sich empathisch die Hände vor den Mund. „Ich hoffe, dass mir so etwas nie, nie, nie passiert! Ich kann mir kaum etwas Grauenvolleres vorstellen, als einen Toten zu finden", seufzt sie und schnäuzt sich geräuschvoll die Nase. Ihre Gesichtshaut schimmert noch bleicher als zuvor.

„Das stimmt", bestätige ich, während ich mir aus meiner alten Segeltuchtasche im Gepäcknetz einen dicken Pulli herauspelle und überziehe. Jetzt bekomme

ich den Mantel nur noch schwer zu. Die Ärmel umspannen meine Arme wie bei einem Michelin-Reifen-Männchen. Trotzdem kriecht die Kälte mir immer tiefer in die Knochen.

Der Zug steht regungslos. Wie tiefgefroren. Die Nacht harrt draußen unverändert der Dinge. Auch die alte Eiche auf dem Hügel vor uns steht ganz ruhig und still. Kein Ästchen bewegt sich.

Sibylle quetscht ihre Füße in ein zusätzliches Paar dicker Socken. „Hat meine Oma mir gestrickt", erklärt sie ungefragt und hustet. „Die lebt noch. Opa nicht. Im Krieg gefallen. Habe ich nie kennengelernt", gibt sie einen Kurzabriss, bei dem sie sich selbst unterbricht und schnuppernd die Nase nach oben reckt. „Hier stinkt es so. So …"

„… verbrannt?", füge ich hinzu.

Da rennt auch schon der Schaffner durch unser Abteil, lässt die Türen offen stehen, so eilig hat er es. Ihm folgen ein paar Männer im Laufschritt. Sie rufen sich gegenseitig etwas zu, das ich aber nicht verstehe und schaue Sibylle fragend an.

„Da brennt es irgendwo", sagt sie mit einer für sie absolut untypischen Ruhe.

„Es brennt? Bist du dir sicher?", frage ich. Eindeutig bin ich nun die Nervöse von uns beiden.

Ein Kerl mit einem Feuerlöscher in der Hand trabt durchs Abteil.

„Verdammte Scheiße", zische ich und nun riecht man es ganz deutlich. Wir rennen los, zur Tür. Wie alle anderen.

Da stehen wir nun in einer Reihe, ein paar Hundert Leute, die frieren und im Schnee auf und ab stapfen und dem Schaffner beim Löschen zuschauen. Vier Männer sind mit ihm aufs Dach des letzten Wagens geklettert und halten Feuerlöscher auf die rasch kleiner werdenden Flammen, die um eine Oberleitung züngeln.

Nur wenige Minuten und der Spuk ist vorbei. Ein Glück, denn es ist wirklich schweinekalt hier draußen.

„Alles in Ordnung, Sie können wieder zurück in den Zug steigen, der Brand ist gelöscht", ruft der Schaffner von oben herunter und winkt in Siegerpose mit der Trockenpulverdüse. Das Mondlicht, reflektiert vom Schnee, erleuchtet die unwirkliche Szenerie auf eine eigentümlich passende Art.

Alle drängen sich gleichzeitig zu den Türen und quetschen sich hindurch.

„Au backe", sage ich und lass mich auf meinen Platz fallen.

„Auch einen?" fragt Sibylle und hält mir eine Dose mit Pfannkuchen unter die Nase. „Auf den Schreck. Sind aber leider kalt." Wo hat sie die hergezaubert? Ich nehme einen. Ist mit Pflaumenmarmelade gefüllt.

Ich sage erst „Danke" und dann „Hmm, lecker". Schweigend mampfen wir die Plastikschüssel leer.

„Mein Schuster Opa mochte Pfannkuchen unglaublich gerne", sage ich in die Stille hinein. „Besonders die mit Pflaumenmus gefüllten."

„Ist er auch tot?", fragt Sibylle.

Ich nicke.

1978

PALATSCHINKEN UND APFELMOST
ODER: WIE ENTSTAUBT MAN EINE LUNGE?

Anna war neun Jahre alt, als sie mit wippenden Zöpfen und in ihr nun schon etwas zu kurzes Sonntagskleid gezwängt hinter dem schlichten Holzsarg hertrabte, in dem ihr Schuster Opa lag. Das wurde ihr zumindest gesagt: Sehen durfte sie ihn nicht. Warum nicht? Das hatte sie nicht so recht verstanden. Es war ja immer noch der gleiche Mann, der da in der Kiste lag – ihr Opa eben. Was sollte sie jetzt, nach all den Jahren, die sie ihn kannte, an ihm erschrecken?

Nachdem Anna eine Weile über dem Rätsel gebrütet hatte, ohne zu einem für sie befriedigendem Ergebnis zu kommen, zwang ihre Neugier sie zum Nachfragen.

„Ist er nackt?", stellte Anna eine erste Vermutung an.

„Nein!", schrie Oma entsetzt auf. „Wie kommst du denn darauf? Er trägt seinen Anzug!", versicherte sie.

Seinen Anzug. Nicht seinen schönsten Anzug, seinen einzigen Anzug trug er. Als Steinmetz und Glasbläser ergab sich für ihn selten die Gelegenheit, so ein feines Kleidungsstück auszuführen. Dieser eine Anzug hatte ihn sein Leben lang begleitet. Opa trug ihn zu Taufen und Hochzeiten, zu Beerdigungen anderer Leute und nun eben auch zu seiner eigenen.

Während Anna bei Mucki froh gewesen war, dass sie seinen toten Körper nicht noch einmal sehen musste, war das Mädchen nun mutiger geworden und die

Neugier darüber, was es mit dem Tod auf sich hatte, wuchs in ihr. Musste ja etwas dran sein, wenn alle so ein Bohei um ihn machten.

„Warum darf ich nicht mit zur Andacht? Bitte, bitte, bitte!", quengelte sie. „Sieht er denn jetzt anders aus?" Und weiter: „Man muss ihn doch nicht anfassen, oder?"

Schweigen.

„Oder zum Abschied küssen?" Anna schüttelte sich innerlich.

Die Schuster Oma hatte sich abgewandt und schien im Geiste in anderen Sphären. Sie hörte sie nicht.

Einhellig waren alle der Meinung, dass Opa zu früh sterben musste. Alle, außer Anna. Sie fand, er war mit Mitte sechzig ziemlich alt geworden. Unvorstellbar alt. Sein Gesicht hatte sie nie ohne Falten gesehen. Und seine Haltung war, seit sie sich erinnern konnte, eine mit leicht hängenden Schultern, merkwürdig nach vorn gebeugte – er wirkte, wie in sich zusammengefallen, wie viele alte Männer. Beim Laufen schlurfte er, als habe er nicht mehr die Kraft, die Füße mitsamt den Schuhen höher als nötig vom Boden abzuheben.

Mit diesem eigentümlich kraftlosen Gang schleppte er sich zur Essenszeit vom Wohnzimmer in die Küche und, wenn die Speisen restlos vertilgt waren, zurück an den Fernseher. Er schlurfte zum Blumengießen in den Garten hinter das Haus und manchmal bis in seinen Schrebergarten am anderen Ende der Stadt. Dort spielte er mit den benachbarten Schrebergärtnern Karten und jedes Jahr wurde ein Wettkampf ausgetragen, wer die schönsten und größten „Paradeis" gezüchtet hatte.

Voller Stolz kam er abends nach Hause, den Korb gefüllt mit dicken roten Riesentomaten, die seine Frau mit einem juchzenden „Jo mei, die sann aber stoark schee!" entgegennahm und sogleich in ein Letscho verarbeitete.

Opa muss einen grünen Daumen gehabt haben, denn er ging jedes Jahr mit den schönsten und größten Tomaten als Sieger aus dem Wettbewerb hervor. Allerdings hat niemand aus der Familie je einen seiner Mitstreiter um den Paradeis-Pokal zu diesem Thema gesprochen.

Dass Anna rohe Tomaten hasste wie die Pest, ignorierte Opa geflissentlich, biss herzhaft in das widerliche, hellrote Fleisch und ließ den Saft links und rechts zur Seite spritzen, sodass die Schuster Oma vor Schreck aufsprang und sogleich zum Wischlappen griff.

„Hier!", sagte Opa, von der Putzwut seiner Gattin unbehelligt, und streckte Anna zufrieden das abscheuliche Gemüse entgegen.

„Ich mag nicht", erwiderte sie, das Gesicht vor Ekel verzogen, und wendete sich mit Nachdruck ab.

„Was? Ja, warum denn nicht?"

Er war tatsächlich jedes Mal aufs Neue überrascht über ihren in seinen Augen höchst eigentümlichen Geschmack.

Übrigens nannte Anna Omas Wischlappen im Geiste „Seuchentuch", weil die Großmutter es nicht nur einige Tage zu lang in der Tasche ihrer Kittelschürze verwahrte, sondern damit alles aufwischte, was ihren Weg kreuzte: Tomatenspritzer an der Einbauküche, Fettflecken am Herd, ein paar Milchtropfen auf dem Küchenboden, Staubfussel auf dem Wohnzimmerschrank.

Optisch sah die Wohnung nach Omas Putzerei sauber aus, doch bezweifelte Anna, dass es wirklich sauber war. Vielmehr lag die Vermutung nahe, dass das Tuch, das mit der Zeit einen schwer definierbaren grau-braunen Farbton und einen säuerlichen Geruch annahm, zur Verbreitung diverser Seuchenherde im ganzen Haus beitrug. Am Ende war dieses gottverdammte Stück Stoff daran schuld, dass Anna so häufig krank wurde.

Für Opas Krankheit hingegen konnte man das Tuch nicht verantwortlich machen: Er hatte Lungenkrebs. Schuld daran war die Staublunge – ein Mitbringsel aus Ungarn, von der Arbeit im Steinbruch. Vielleicht putzte Oma deswegen so viel? Wenn sie schon nicht den Staub von ihres Mannes Lunge wischen konnte, so konnte sie ihn mit ihrem erbitterten Reinlichkeitswahn doch wenigstens aus ihrer Wohnung verbannen.

Opa schlurfte stattdessen weiter durch das Leben. Als wolle er sich die ihm verbleibende Energie gut einteilen und keinesfalls unnötig verschwenden. Aber seine

Strategie ging nicht auf. Mit zwei Schachteln Zigaretten am Tag reizte er Glück und Gesundheit bis über alle Maßen aus. Bis er sechzig war. Dann hörte er von heute auf morgen mit dem Rauchen auf.

Schade nur, dass es anfangs niemand merkte. Erst als Opa nach Tagen der Enthaltsamkeit zornig aus der Haut fuhr und den Respekt der Familie in einer langen, ausufernden Jammertirade einforderte, waren Oma und Anna von seinem neuen Nichtraucherstatus in Kenntnis gesetzt.

Doch es war zu spät. Zu spät für Opa. Einziger Trost vielleicht, dass seine Lunge schon vor seiner fleißigen Selbstteerung nicht mehr zu retten gewesen war. Trotzdem. Zählt man Staublunge, Kettenrauchen und einen erheblichen täglichen Konsum an Apfelmost zusammen, sind sechsundsechzig Jahre nicht das schlechteste Ergebnis.

Jedenfalls wurden Anna niemals wieder auf so wunderbar ignorante Art und Weise rohe Tomaten angeboten. Und wer sonst hätte sie so keck zu einem Pfannkuchen-Wettessen auffordern können? Erich Schuster prahlte gerne damit, dass er, als er jung war, fünfzehn Palatschinken hatte verschlingen können.

„Ohne mit der Wimper zu zucken", protzte er. „Manchmal habe ich sogar zwanzig geschafft", setzte er noch einen oben drauf.

Da konnte Anna freilich nicht mithalten. Dazu muss man wissen, dass die Pfannkuchen, die Elisabeth Schuster buk, zwar hauchdünn auf der Zunge zergingen, aber in derartig viel Öl schwammen, dass sie überwiegend aus diesem zu bestehen schienen. Genauer gesagt aus Schweineschmalz. Anna reichten damals zwei und sie hatte das Gefühl, einen mit Mohn bestrichenen Stein verputzt zu haben. Wenn auch einen sehr, sehr schmackhaften.

Typisch für den Schuster Opa war es, dass er darüber hinwegsah, dass Anna ein kleines Mädchen war, dessen Essgewohnheiten nur schwerlich vergleichbar waren mit denen eines jungen Mannes, der nach schweißtreibender körperlicher Arbeit im Steinbruch schlicht Kohldampf hatte.

Ohne es wissentlich darauf anzulegen – in den 1970er-Jahren hatte sich die gesundheitsschädigende Wirkung von Alkohol und Nikotin noch nicht gänzlich

herumgesprochen –, hatte sich Opa Schuster das Leben verkürzt. Doch das Ende wurde ihm und seiner Frau dann noch einmal lang. Wobei er recht schnell erlöst wurde, konnte er doch nicht mehr wirklich klar denken, während Elisabeth Schuster ihn bei hellstem Verstand versorgte, ohne Hoffnung auf Besserung, höchstens auf baldige Befreiung von der am Ende strapaziösen Pflege. Die kam nach einem halben Jahr gerade noch rechtzeitig, bevor auch Oma den Verstand verloren hätte.

Sie war am Ende ihrer Kräfte, nachdem sie den ihr zur lieben Gewohnheit gewordenen Ehemann Monate lang ins Bett hievte und – noch schwerer – wieder heraus, auf die Kloschüssel setzte, ihn nachts verfolgte, wenn er plötzlich von ungeahnten Energien durchströmt im Haus umherwanderte.

„Es ist besser so. Eine Erlösung für ihn. Für alle", sagte sie beim Leichenschmaus und nahm sich ein Stück Käsekuchen. Annas Oma war eine pragmatische Frau.

Der Leichenschmaus für Erich Schuster war der erste in Annas Leben. Für die Tantel hatte es keinen gegeben – oder war Anna nicht eingeladen worden? Für Mucki hatte sie keinen ausgerichtet, da Anna damals noch nicht wusste, dass so etwas üblich war, um einem geliebten Verstorbenen sein letztes Geleit zu geben. Ein Rohkost-Büfett hätte durchaus im Bereich des Möglichen gelegen, trotz des spärlichen Taschengelds.

Die Idee, ein Fest zu feiern, nicht obwohl, sondern weil jemand Liebes gestorben war, fand Anna zunächst befremdlich. Ja, sie hatte ein richtig schlechtes Gewissen, dass sie sich auf der Feier amüsierte. Es gab feine Kuchen und Torten und alle waren seltsamerweise gut gelaunt. Onkel und Tanten grüßten Neffen und Nichten. Ihre Großcousine und Patin umarmten Anna tröstend und drückten ihr feuchte Küsse auf die Stirn. Die ganze Sippe erzählte durcheinander Anekdoten von früher, über Opa und den Rest der Familie. Anna hing gebannt an den Lippen, die über eine Jugend in Csobánka, die harte Arbeit dort und das Auswandern kurz nach dem Krieg berichteten.

„Wenn der Erich nicht gewesen wäre, ich weiß nicht, was passiert wäre", seufzte die Schuster Oma zum Auftakt und begann zu erzählen und hörte auch erst mal nicht mehr auf: „Die Russen waren nach dem Krieg da, sie waren überall. Wir hatten den Rotwein und den Apfelmost versteckt. Wenn sie getrunken hatten, waren sie unberechenbar." Sie nahm einen Schluck Kaffee.

Alle saßen um sie herum und nickten – entweder weil sie sich auch erinnerten oder weil sie sich das Erzählte lebhaft vorstellen konnten.

„Ich war mit meiner Schwester Erna und meiner Freundin Rosa unterwegs. Wir waren auf dem Weg zum Nachbarn, um beim Äpfelpflücken zu helfen und machten gerade eine Pause auf ein paar Baumstämmen, am Waldrand. Da hörte ich etwas. ‚Die Russen kommen!', zischte ich Erna und Rosa zu. Aber die beiden lachten mich aus, ich sei so ängstlich, sagten sie."

Anna lauschte der Oma mit spitzen Ohren. Alle waren ganz still.

„Und dann sahen wir sie. Es waren drei. ‚Scheiße!', rief Rosa und da rannten wir auch schon los. Außer Erna, die sich ihre Schuhe ausgezogen hatte und nun, mit hektischen Fingern, die Riemchen nicht zu bekam. Wir warteten nervös und sahen die Uniformen näher kommen. Endlich hatte Erna ihre Schuhe zu und wir hetzten los, über die Stämme, zwischen Dornen und Brennnesseln, wir spürten nichts."

Der Saal hielt den Atem an. Diese Geschichte hatte Oma noch nie erzählt.

„Rosa schrie auf, sie hatte sich den Knöchel verknackst. Jetzt erspähte uns einer der Russen, zeigte mit dem Finger in unsere Richtung, wir rannten weiter. Mit ihrem kaputten Fuß war Rosa langsam, ich zog sie hinter mir her. Die Männer kamen immer näher, da sahen wir von Weitem, dass der Bauer Wilhelm auf dem Feld war mit fünf seiner Arbeiter. Wir wussten: Wenn wir sie erreichen, sind wir gerettet." Oma atmete laut, als erlebe sie diesen Wettlauf gerade jetzt.

„Ich trieb meine Schwester an, deren Schuhe sich wieder geöffnet hatten – feine Sandalen, schön, aber unpraktisch – und ich versuchte Rosa am Arm zu stützen. Als die Soldaten die Bauersleute erblickten – unter ihnen war auch Erich, der angriffslustig seine Sense in den Himmel streckte –, ließen sie von uns ab. Wir hatten es geschafft." Oma blickte stolz in die Runde und biss in den Rand ihres Käsekuchenstücks.

Allgemeines Murmeln hob an. Wer alt genug war, schob eine eigene Erinnerung aus der Zeit unter den Besatzern nach.

Tante Erna hatte sich dazugesetzt. „Einmal war ich mit Freundinnen abends spät im Dorf unterwegs, als ein paar Russen besoffen durch die Straßen zogen. Hätte ich doch auf Vater gehört, aber nun war es zu spät. Wenn die Resi nicht gewesen wäre! Die hat uns alle in ihr Haus getrieben und runter in den Keller. Wir waren vier Mädchen, mussten hinter Mehlsäcke kriechen und Resi legte noch mehr Säcke auf uns. Draußen hämmerten die Russen an die Tür und wollten Einlass. ‚Hast Du Wein?', riefen sie. Resi öffnete die Tür, schob zwei Flaschen durch. ‚Da habt ihr und jetzt geht. Ich bin Hebamme. Hier muss heut noch ein Kind geboren werden'. Und damit schlug sie den verdatterten Saufbolden die Tür vor der Nase zu. Wir blieben bis zum Morgen bei ihr im Keller. Wer auf der Straße war und kein Versteck fand, der hat in dieser Nacht Pech gehabt …", Erna verstummte.

Die versammelte Verwandtschaft saß wie gelähmt im Kreis. Es war, als hingen sie ihren Erinnerungen nach. Das Schweigen war Anna unangenehm. Sie war der Oma dankbar, als diese es brach.

„Was waren wir froh, als wir endlich in Deutschland angekommen waren! In den Aussiedlerblocks bekamen wir ein winzig kleines Zimmer zugeteilt. Wisst ihr noch? Jessas Maria! Ich, meine zwei Schwestern und mein Bruder und die Mama in einem Raum, Tag und Nacht", rief Oma Elisabeth aus und hob die Arme in die Höhe, als wolle sie mit dem Leibhaftigen deswegen noch ein Hühnchen rupfen. „Das war was. Nicht zum Aushalten. Ständig Streit. Ich konnt' es nicht mehr hören", schimpfte sie.

Für ein siebzehn Jahre altes Mädchen gab es nur einen Ausweg aus der Ein-Zimmer-Hölle: die Ehe. Omas Wahl fiel auf Erich Schuster. „Er war ein guter Mann. Das Herz am rechten Fleck." Oma und Opa heirateten, bekamen – sozusagen als Hochzeitsgeschenk von der Stadt – ein eigenes kleines Zimmer im benachbarten Häuserblock zugeteilt und bauten so schnell sie konnten ihr eigenes Haus.

Töchter und Söhne, Väter und Mütter, Basen und Vetter, alle redeten durcheinander, jeder wusste etwas über den Schuster Opa zu berichten. Wie der Erich eines Nachts die Sandsteine für die Gartenmauer von der Großbaustelle geklaut hat. Wie er nach der Arbeit am Fließband in der Lötkolbenfabrik bis zum Einbruch der Dunkelheit Mörtel mischte, Fenster einsetzte, Wasserleitungen verlegte, die Böden kachelte. Ja, fleißig war er, „stoark flaißig", ein Arbeitstier, fast protestantischer Natur. Dabei war er doch erzkatholisch.

Gelächter flammte auf. Anna lachte mit, obwohl sie nicht wusste, was so lustig war. Nach jedem Lacher hielt sie kurz inne und dachte an ihren toten Opa und ob das jetzt wohl in Ordnung ging, mit dem Lachen, so kurz nach seinem Tod. Hätte er das so gewollt? Ihm hätte es bestimmt gefallen, dass alle einen Tag lang so viele Geschichten über ihn erzählt hatten.

Zufrieden und versöhnt mit der Welt und mit Gott, der dem Opa ein so volles Leben geschenkt hatte, ging Anna mit ihrer Oma nach Hause. Als das Mädchen am nächsten Morgen zum Frühstück kam, war die Großmutter dabei aufzuräumen. Stopfte Kleider in große Müllsäcke. Räumte Bücher in Kartons. Opas Sachen kamen weg.

„Heftig. Deine Oma ist ja nicht sehr mitfühlend." Sibylle schüttelt sich und zieht ihre buschigen Augenbrauen zusammen.

„Das habe ich früher auch gedacht. Mittlerweile glaube ich, das war einfach ihre Strategie, um durchs Leben zu kommen."

Die Kälte wandert mir in die Finger, von den Spitzen nach hinten, zwischen der Haut und den Nägeln durch. Bilde ich mir das ein oder schimmern sie bläulich? Meine Nasenspitze ist kalt, die Ohren eisig. Sibylle hustet. Ich ziehe mir meine Handschuhe an.

Unbemerkt ist der Schaffner ins Abteil getreten. „Wie Sie bereits wissen, hatten wir einen Kurzschluss. Ein Stromabnehmer ist, durch die Schneemassen belastet, umgekippt und auf unseren Zug gefallen und hat so den Brand erzeugt. Ich versuche, die beschädigte Oberleitung zu reparieren", erklärt er sachlich. Mit einem „Es dauert also noch etwas" verabschiedet er sich.

„Mist", flucht Sibylle, „am Ende sitzen wir noch Heiligabend hier." Sie versucht erneut die Nachbarin ans Telefon zu bekommen. Wieder erfolglos.

Ich schaue auf meine Armbanduhr.

„Meinen Flug werde ich wohl verpassen."

„Wohin willst du denn fliegen? Hast du Urlaub?", fragt Sibylle.

„Nach Gomera. Ja, es sind Winterferien. Bin Lehrerin."

„Sicher schön warm dort jetzt."

Ich nicke. „Freunde von mir sind schon dort. Last Minute. Ich musste einen anderen Flug nehmen, war kein Platz mehr frei", erkläre ich. „Mein Freund kommt nächste Woche nach. Der hat noch ein Bewerbungsgespräch – blöderweise zwischen den Jahren." Ich rolle die Augen.

„Konnte er das nicht verschieben?"

Ich schüttle mit dem Kopf. „Und du, was machst du?"

„Ich bin IT-Beraterin."

„Fährst du auch in den Urlaub?"

„Nein. Hab eine Tante besucht, ist 'ne lange Geschichte", winkt sie ab.

„Zeit haben wir", sage ich.

„Ach, ich hatte die Schwester meiner Mutter ewig nicht gesehen. Sie war mit meinem Vater zerstritten. Jetzt liegt sie im Sterben, hat Krebs, und wollte sich wenigstens mit mir versöhnen. Vater ist ja schon tot."

„Das tut mir leid!"

„Danke, ja, die Jahre ohne ihn waren nicht leicht. Ich hab' sonst niemanden. Aber lassen wir das, ich will nicht drüber reden", weicht Sibylle aus und zieht sich ihre graue Bommelmütze weiter über die Ohren.

Aus Versehen klappern mir die Zähne.

„Hier, nimm das." Sie reicht mir ihre Fleecejacke.

„Brauchst du die nicht selbst?"

„Nein, nein, bei mir geht's."

Ich glaube ihr zwar nicht, beschließe aber, mich erst einmal aufzuwärmen und lege mir die Jacke als Decke über die Beine.

„Warum brauchte deine Oma eine Strategie?", fragt Sibylle, die zu meiner Erleichterung ihre Nervosität völlig abgelegt hat. Sie wirkt fast ruhig, ja, gelassen.

„Na ja, sie war mit einem Mann verheiratet, den sie nicht wirklich geliebt hat und der bald nach der Hochzeit ein Trinker wurde – wie übrigens auch ihre drei Söhne. Von denen ihr mein Vater jedoch die weitaus größten Sorgen bereitete."

„Ja, stimmt, du hast ja schon von ihm erzählt", erinnert Sibylle sich. Sie muss husten und kann gar nicht mehr aufhören. Ich reiche ihr ein Salbeibonbon. Das hilft. Der Anfall hört auf.

„Aber jetzt sag' nicht, dass er auch schon tot ist?"
Ich nicke. „Doch."
Ich höre Sibylle trocken schlucken, beinahe verschluckt sie das Hustenbonbon. Sie nimmt nun doch das Fleece, das ich ihr hinüberreiche, mit dankbarem Augenaufschlag entgegen und kuschelt sich tief hinein.

Dann schaut sie mich auffordernd an. Sie ist bereit für das nächste Kapitel.

1982

BIER UND ZIGARETTEN
ODER: SCHNELLER LEBEN

„Zeitpunkt des Todes: 21. bis 24. August" stand auf seiner Sterbeurkunde. Heinz Schuster war Anfang vierzig, als er starb. Woran, das weiß bis heute niemand so genau. „Live fast, die young" war sein Motto und Anna musste anerkennen, dass er dies einigermaßen direkt umgesetzt hatte. Wie ihr Opa war auch ihr Vater Alkoholiker – eine Art Familientradition, könnte man sagen.

Schon als Kleinkind zeigte er eine ausgeprägte Vorliebe für flüssige Nahrung, denn er ließ sich einfach nicht abstillen. Trank bis er drei Jahre alt war an der Brust seiner Mutter Elisabeth, kam mit einem Schemel anmarschiert und schob vehement ihre Bluse hoch, wenn es ihn dürstete. Und das hätte er sicher noch länger so gemacht, wenn es nicht der Urgroßmutter zu bunt geworden wäre und sie schließlich Tochter und Enkel zur Brustentwöhnung zwang.

Überwunden hat Heinz das wohl nie. Er verschmähte weiterhin feste Nahrung und bevorzugte flüssige, erst Kuhmilch und Saft, später in Form von Bier. „Sieben Bier ersetzen eine Mahlzeit", pflegte er zu spaßen und machte damit ernst.

Was anfangs als charmant und lebensfreudig durchging, wurde mit den Jahren eine Plage für die ganze Familie. Er war alkoholkrank und wollte daran partout nichts ändern.

Den Führerschein hat er vernünftigerweise nie gemacht. „Den hätte ich doch sowieso nicht lange", erklärte er seiner Tochter. Anna sah zu ihm hoch und versuchte, zu verstehen.

Geschenke machte Papa selten. Als Anna doch einmal etwas von ihm bekam, war sie umso gerührter und den Tränen nahe. Ein Plüschäffchen! Es war so niedlich. Fast hätte sie sich gefreut.

Anna kannte es, das Äffchen. Hatte es bei Papas Freund im Auto auf der Ablage sitzen sehen. Und er hatte tatsächlich gemerkt, dass es ihr gefallen hatte. Woher hatte er ein Identisches bekommen?

„Das ist der Affe von meinem Freund", erklärte er.

Wie nett von Hans, dass er das Tierchen an Anna weitergab.

„Ach was, er weiß gar nichts davon."

Weiß nichts davon?

„Ich hab's mitgenommen. Er braucht den Affen nicht", tat Papa mit einer wegwerfenden Handbewegung kund.

Jetzt verstand Anna: Das Äffchen war geklaut. Ihr Vater hatte es geklaut. Für sie. Diebesgut, Hehlerware! Machte sie sich mitschuldig, wenn sie das Äffchen behielt? Anna überlegte. Bestimmt zwei Wochen lang. Süß war es. Und war der Freund des Vaters nicht wahrhaftig viel zu alt für ein Kuscheltier? Anna schob die Entscheidung auf, jeden Tag aufs Neue, bis sie die Sache irgendwann, von einem Tag auf den anderen, vergessen hatte.

Doch wenn sie heute an Judy – sie hatte keine Zeit verschwendet mit der Suche nach einem originellen Namen – zurückdachte, nagte das schlechte Gewissen an ihr. Anna konnte froh sein, dass ihr Papa es sonst mit persönlichen Geschenken auf sich beruhen ließ. Abgesehen von einer Spardose. Aber da ersetzte er ihr nur ihre alte, die er kaputt machen musste, da er in der ganzen Wohnung kein Geld finden konnte. Anna hat ihm das Gesparte gern geliehen. Sie brauchte es nicht. Es lag ja nur rum.

Was Anna aber schlimm, wirklich schlimm fand – und da konnte sie sehr nachtragend sein –, war, dass sie wegen ihres Vaters erst so spät zum Fahrradfahren kam. Dabei fing alles gut an: Papa wollte ihr sogar helfen, es zu lernen. Er hielt sie am Gepäckträger fest und versprach, mit ihr bis zur Ecke zu rennen. Als Anna sich am Ende der Straße stolz zu ihm umdrehte, war er nicht da. Stand noch immer vor ihrem Haus. Steckte sich gerade eine Zigarette an. Vor Schreck

fiel sie sofort um, schrammte Knie und Ellenbogen auf, trug zwei tiefe Narben davon und stieg sechs Jahre lang auf kein Rad mehr. Rigoros nicht. Prinzipiell nicht. Aus. Vorbei.

Solange es ging, überbrückte Anna die fahrradlose Zeit mit dem Kettcar. Bis sie vierzehn war. Dann war die Sache ausgereizt. Opa Boris erbarmte sich schließlich ihrer. Er zog sich seine Arbeitshosen an und schleifte seine Enkeltochter zum Wendehammer am Ende des Dorfes.

„Jetzt lernst du Radfahren", erklärte er bestimmt und deutete auf den Silberpfeil neben sich. Er zwang Anna auf den Sattel. Ihr Murren und Knurren half nichts.

„Wäre ja gelacht, wenn wir das nicht schaffen würden, ha!"

Sprach's und krempelte sich die Ärmel auf.

Während der nächsten zwei Wochen waren die beiden nachmittags dort, am Ortsausgang, anzutreffen. Opa rannte hinter seiner – für so eine Aktion eigentlich viel zu großen – Enkelin her, schwitzte jeden Tag ein Unterhemd nass. Anna wand sich, peinlich berührt. Ihr selbst schien es, als wäre sie gänzlich talentfrei für diese Form der Fortbewegung. Doch der Großvater gab nicht auf.

„Deiner Oma hab ich das Radeln gelehrt, da war sie schon weit über zwanzig", prahlte er.

„Da wird mich doch so ein Kind, das wär' doch gelacht, so ein Kind wird mich ja wohl nicht unterkriegen", murmelte er vor sich hin.

Die ersten Tage fuhr Anna eigentlich gar nicht, sie saß reglos auf dem Sattel, blickte sich alle paar Sekunden um, ob Opa Boris wirklich noch hinter ihr war, sie wirklich festhielt, den Gepäckträger nur ja nicht losließ. Und er war wirklich immer da, ließ nicht los, lief wirklich immer hinter ihr her, schnaufend und schwitzend und keuchend. Vierzehn Tage lang. Dann war es geschafft: Anna konnte Fahrradfahren!

Stolz fuhr sie am nächsten Tag mit ihrem frisch geputzten, wie neu glänzenden Rad in die Schule, dem man glücklicherweise nicht anmerkte, dass es Jahre lang eingestaubt in der Garage auf sie gewartet hatte, wenn man einmal davon absah, dass Sattel und Lenker ganz hoch, auf die letztmögliche Stufe geschraubt werden mussten.

Anna fühlte sich unglaublich erwachsen und erhaben. Sie war der Chef, die Königin unter den Radlern. Mit einem feierlichen Gesichtsausdruck passierte sie den Fahrradständer, an dem sich auch an diesem Morgen die coolsten Schüler versammelt hatten, denn hier durfte, nein, hier musste geraucht werden. Es war ein majestätisches Gefühl, an ihnen vorbeizutreppeln, den Plebs hinter sich zu lassen. Anna badete förmlich darin.

Dann stand da dieser Baum. Es war ein kleiner, mickriger, kürzlich erst gepflanzter Baum. Ein Bäumchen vielmehr. Und ausgerechnet diese Miniausgabe eines Baumes stoppte ihre Siegesfahrt. Abrupt und schmerzhaft holte das Gewächs die Vierzehnjährige in die Realität zurück, auf den harten Boden der Tatsachen: Auch wenn Anna jetzt endlich Radfahren konnte, zur coolen Schülerclique würde sie wohl nie dazugehören.

Höhnisches Gelächter erklang zwischen unterdrücktem Reizhusten.

„Nach vorne schauen nicht vergessen! Hä hä hä", schallte es.

Und: „Brauchst wohl 'ne Brille, was?"

Das Schmachvollste kam noch, denn Anna musste – auf so würdelose Art entthront – ihr Rad, das glücklicherweise kaum eine Schramme davongetragen hatte, genau zwischen den großkotzigen Mitgliedern der Raucherclique durchschieben, um es am Unterstand abzuschließen.

Irgendwie schaffte sie es, stellte sich taub, schaltete den Tunnelblick an und nichts wie weg. Atmete auf, aber nur ganz leise. Ihr Blick fiel auf die Schuluhr: Mensch, sie kam ja viel zu spät! Das erste Mal in ihrem Leben. Wieder würden alle auf sie schauen. Sie würde erklären müssen, warum sie zu spät war. Müsste von ihrem Unfall erzählen. Noch einmal Gelächter ertragen. Anna hetzte durchs Treppenhaus. Und hatte diesmal Glück: Die Tür stand offen, sie witschte unbemerkt ins Klassenzimmer. Sie hatten Englisch und die Vertretungslehrerin kam zu spät, wie immer.

Wiewohl Annas Vater von alledem nichts wusste. In der Schule war er nie. Ihre Mutter besuchte die Elternabende. Sonst gab es dort nichts zu besprechen. Anna war eine gute Schülerin, eine sehr gute sogar, mustergültig. Saß in der ersten

Reihe, was die Lehrer als Engagement werteten, jedoch auf ihre extreme Kurzsichtigkeit zurückzuführen war. Wenn möglich, sagte Anna – nichts. Es wäre ihr nie, niemals, in den Sinn gekommen, sich zu melden. Nur wenn sie aufgerufen wurde, antwortete sie. Richtig, aber möglichst knapp. Nur keinen Neid auf sich ziehen, keine Missgunst säen.

Kurz nachdem Anna das Radfahren gelernt hatte, trennten sich ihre Eltern. Nach fünfzehn geduldigen Ehejahren hatte Annas Mutter eines Tages die Schnauze voll. Dass sie sich von Heinz Schuster scheiden lassen wollte, überraschte Anna nicht. Warum aber gerade jetzt? Sie bohrte und bohrte und irgendwann platzte es aus ihrer Mutter heraus: Sie hatte ihn mit ihrer besten Freundin erwischt.

„In unserem Ehebett! In unserem eigenen Bett!", empörte sich Barbara Schuster.

Das mit dem Bett schien ihr am meisten zu stinken an der Sache.

Sie zogen also aus. Tante und Onkel kamen, brachten leere Kisten mit, füllten sie und trugen sie voll wieder weg. Anna und ihre Mutter zogen bei ihnen in die Dachwohnung ein.

Ihren Vater traf Anna nur noch, wenn es der Zufall wollte. Mal in einer kleinen Straße in der Altstadt, mal bei der Schuster Oma zum Mittagessen. Und dann starb er. War tot. Einfach so. Plötzlich, überraschend, unerwartet.

Wie nimmt man von jemandem Abschied, den man gar nicht gekannt hat? Von jemandem, mit dem man nie etwas zusammen unternommen hatte, außer ihn gelegentlich zum Kartenspiel in die Stammkneipe zu begleiten?

Traurig war Anna trotz allem. Einer musste es sein. Ihre Oma sagte nur: „So musste es ja kommen! Er hat nicht auf uns hören wollen!" Seine Brüder sagten: „Der Heinz, der Heinz", und schüttelten den Kopf, „er hat es nicht anders gewollt."

Ja, war sie denn die Einzige, die es schade fand, dass dieser Mann sein Leben verlor, noch bevor er es überhaupt zu leben begonnen hatte und es nun für ihn auch keine zweite Chance mehr geben würde? Na klar, er war ein Arsch. Irgendwie. Das wusste Anna auch, obwohl sie erst ein Teenager war. Aber – und das überraschte sie selbst – sie war traurig, in der Tat. Traurig für ihn. Aber auch traurig für sich selbst. Denn nun waren ihre Chancen, jemals einen richtigen Vater zu haben, für immer dahin.

Es ging also wieder zum Friedhof. Den altbekannten Weg zum altbekannten Ziel. Und wieder weinte Anna nicht. Nicht gleich. Und sie fühlte sich unwohl, weil sie ihre dunkelblaue Hose mit einer dunkelbraunen Jacke tragen musste. Das passte nicht zusammen, sah schlicht Scheiße aus. Neue schwarze Kleider hatte sie sich gewünscht, aber nicht bekommen. Schwarz war sowieso ihre neue Lieblingsfarbe – sie hatte sich gegen Mutters Willen sogar die Haare schwarz gefärbt. Ihre eigenen Ersparnisse hatte sie gerade für eine neue Stereoanlage geplündert. Jetzt trug sie also hässliche Kleider, Herbstkleider, die viel zu warm waren für diesen Sommertag.

„Ist ja keine Modenschau", sagte Mama und das sollte wohl ein Trost sein. „Pfh!" Mit vorgeschobenem Unterkiefer blies Anna sich Luft über die Nase und ließ ihre dicken dunklen Ponyhaare fliegen.

Zwischen Oma und Mama – Anna war froh, dass Mama mitkam, trotz der Trennung und dem, was davor passiert war – schlich sie durch das Friedhofstor zur Kapelle. Überrascht stellte Anna fest, dass auf einer Schleife an einem der scheußlich bunten Kränze vor dem Sarg ihr Name stand und dass „Deine trauernde Tochter Anna" den Vater „In stillem Gedenken" behalten würde. Großmutter beugte sich zu ihr rüber: „Hab ich für dich besorgt." Konnte sie Gedanken lesen? Anna runzelte die Stirn. „Gehört sich so", fügte die Oma hinzu.

Der Pfarrer hatte schon mit seiner Rede begonnen. Elisabeth Schuster, eine passionierte Katholikin, die zweimal die Woche die Kirche besuchte, hatte ihn überzeugen können, ihren Sohn würdig unter die Erde zu bringen, obwohl er längst aus der Kirche ausgetreten war. Die anderen Dinge, die er so getrieben hatte und die weniger christlich waren, interessierten den Kirchenmann nicht. Die Kirchensteuer indes, die schien er ebenso schmerzlich vermisst zu haben wie Vaters Besuche des Sonntagsgottesdienstes. Beides ließ er zwischen den Zeilen durchblicken.

Anna war es ein bisschen schlecht. Sie hatte am Morgen keinen Bissen heruntergekommen. Jetzt stieg der Duft von Myrrhe und Weihrauch neben ihrer Nase aus einem dieser Kessel auf. Sie würgte. Der Pfarrer setzte seine Rede aus allerlei Trauerfloskeln zusammen. Anna wunderte sich, dass der Priester Papas gelernten Beruf – Schlosser – recht ausführlich beschrieb, seine Arbeitslosigkeit aber nicht einmal erwähnte, der er sich im wirklichen Leben viel hingebungsvoller gewidmet hatte als seinem Handwerk.

Auch seine Vorliebe für den Alkohol und für das Kartenspiel blieben ungenannt, geopfert der detailreichen Schilderung seiner „leidenschaftlichen Leselust". Aber der Pfarrer hatte Papa schließlich nicht sonderlich gut gekannt und das letzte Mal wahrscheinlich bei dessen Heiliger Kommunion gesehen. Und Oma hatte ihr Bestes getan, ihn nur mit positiven Informationen über ihren ältesten Sohn zu bestücken. Weil sich das so gehört, dachte sich Anna.

Während Anna über die merkwürdige Rede nachdachte, in der zwar nicht direkt etwas Falsches behauptet wurde – gelogen hatte der Pfarrer ja nicht, das kann man nicht sagen, aber den Kern des Ganzen hatte er auch nicht wirklich getroffen –, wurde der Sarg von vier Männern in schwarzen Anzügen hochgestemmt und hinausgetragen, raus aus der dunkeln Kapelle, hinaus ins leuchtende Tageslicht. Sie war froh, den muffigen Kirchengeruch hinter sich zu lassen und hastete hinterher. Draußen roch es nach Tannennadeln, was nicht so recht zu diesem strahlenden Sonnentag passen wollte. Die Nadeln federten ihre Schritte ab und knirschten jedes Mal ganz leise, als seufzten sie unter der Last, kurz bevor sie unter ihren Sohlen zermahlen wurden. Anna nestelte ein Stofftaschentuch aus der Hosentasche – es war nass geschwitzt – und wischte sich damit, so gut es ging, das Gesicht ab. Verdammt, war das heiß.

Der Trauerzug musste lange gehen. Der Friedhof war bestens belegt, Hochkonjunktur, so wie es aussah. Erst am hinteren Ende, fast schon am zweiten Tor, sah man einen Erdhügel, den sie nun ansteuerten. Den Trägern rollten Schweißperlen über Stirn und Schläfen. In ihren Gesichtern sah man indes nichts von ihrer Anstrengung. Völlig reglos waren ihre Mienen.

Anna schaute umher, bestaunte die bemoosten Fugen der Friedhofsmauern, die Blumen auf den Gräberreihen – Astern und Nelken, Chrysanthemen und Hortensien, immer wieder Rosen, daneben Stiefmütterchen und Vergissmeinnicht.

Sie bewunderte, wie fein die Adern – wie Flüsse! – die saftigen Blätter der Bäume durchzogen. Ein Zitronenfalter stieg vor ihr auf in die Höhe, fast streifte er ihre Nasenspitze.

Es ist wohl nicht übertrieben, wenn man behauptete, dass Anna in jener Zeit die Welt mit all ihren überraschenden Details und zarten Geheimnissen entdeckte. Seit kurzem trug sie eine Brille und das neue Sehen, die Schärfe aller Dinge, die strengen Grenzen der Gegenstände und Binnenmusterungen der Lebewesen entzückten sie täglich aufs Neue. Es war eben eine neue Welt, die es galt, mit den Augen abzutasten. Ja, fast kam sie sich vor wie ein Forscher oder wie Kolumbus oder wie der erste Mensch auf Erden. Wenn Anna das gewusst hätte! Was hatte sie schon alles verpasst? Was war alles ungesehen, unbemerkt, ignoriert an ihren kurzsichtigen Augen vorbeigezogen?

Nun wusste Anna, wer das war, der auf der anderen Straßenseite winkte, wer ihr ein „Tschüss!" hinterherrief, wenn sie aus der Schule heraustrat und sich zum Nachhausegehen wendete. „Hallo, Ruth!" oder „Hallo, Frau Hubertus!" rief sie jedes Mal überglücklich zurück und wedelte freudig mit der Hand über ihrem Kopf. Ja, jetzt erkannte sie alle.

„Asche zu Asche", sprach der Pater und breitete die Arme aus.

„Asche zu Asche", wiederholte Anna in Gedanken.

„… und Staub zu Staub", ergänzte der Pfarrer, nahm eine Schaufel und während er die rechte Hand hob und senkte, hebelte er mit der linken etwas von der schweren, dunkelbraunen Erde auf das Metallblatt, und ließ diese auf die Holzkiste unter sich prasseln.

Die Erde verdeckte eines der Astlöcher und lag wie ein zerbröselter Marmorkuchen auf der Holzplatte. Anna kniff die Augen zusammen, fixierte die Maserung, die die Fläche des Sarges fragmentierte, konzentrierte sich auf die Brauntöne der Erde. Waren es drei unterschiedliche? Oder vier? Sandbraun eins, Kaffeebraun zwei, Schwarzbraun drei und … nein, es waren nur drei.

„Und so verabschieden wir uns heute hier von Heinz Schuster." Der Pfarrer ließ eine klingende Pause. „Von einem geliebten Sohn." Pause. „Bruder." Pause. „Vater." Wo hatte er das nur gelernt? „Onkel." Pause. „Neffe."

Eine Träne seilte sich aus Annas linkem Augenwinkel ab, kullerte hinter dem einen Brillenglas nach unten. Sie wischte sie mit dem Ärmel ihres Pullis weg. Die Brille fiel zurück auf ihre Nase und stellte die Welt, die ihr kurz entglitten war, wieder scharf. Das laute Schluchzen der Schuster Oma drang wie durch Watte gedämpft zu Anna hindurch.

Wie viele Flüsse gab es eigentlich auf der Erde? Und welcher war noch mal der längste? Der Amazonas? Oder war es der Nil? Und in Europa? Die Wolga oder die Donau? Ach nein, die Donau war der längste Fluss in Deutschland. Oder war das der Rhein?

Die Rede war wohl zu Ende, denn der Pfarrer drehte sich um und stelle sich mit schlaffen Schultern in die zweite Reihe hinter Oma.

Jetzt trat Annas Mutter ans Grab. Anna hatte sie, abgesehen vom Beginn der Zeremonie, bis jetzt gar nicht mehr wahrgenommen. Wo war sie gewesen? Mama sah aus wie immer, steckte in einem schwarzen Hosenanzug. Munter sprangen ihre blonden Locken, dem Anlass so gar nicht entsprechend, um ihr Gesicht. Den Blick hielt sie gesenkt, schippte ebenfalls ein paar Erdkörner in die Grube, faltete die Hände, verharrte kurz und ging dann mit hastigen Schritten nach hinten, und weiter, weg, durchs Tor, schneller werdend.

Die Schuster Oma setzte derweil das halbe Grab unter Wasser. „Mein Junge, mein Junge", schluchzte sie, „was hast du dir nur angetan?", schniefte sie.

Eine Hand packte Anna und schob sie grob nach vorne. Musste sie? Das pubertierende Mädchen sah sich suchend um, aber es war keiner da, der Anna helfen wollte.

Sie schluckte. Trat tapfer ans Grab. Sandbraun, Kaffeebraun, Schwarzbraun, sie wollte alle drei Brauntöne auf der Schippe haben. Beim Reinwerfen versuchte sie, nicht den Mississippi zu bedecken, der sich noch ansatzweise in der Holzmaserung erkennen ließ. „Schau hin, schau genau hin", dachte Anna sich. Schön mit der Erde in die andere Ecke.

Wie die anderen vor ihr, blieb sie noch eine Weile stehen. Mit gefalteten Händen. Dreißig. Einunddreißig. Zweiunddreißig. Dreiunddr… Sollte sie vielleicht mal ein Vaterunser beten? Oder etwas anderes? Ihr fiel kein Gebet ein. Doch: „Ich bin klein, mein Herz ist rein ..." Na, das passte nicht so gut. Vielleicht: „Müde bin ich geh zur Ruh ..." Schon besser. „... schließe meine Äuglein zu ..." Fünfundfünfzig. Sechsundfünzig. Konnte sie schon zurücktreten? Siebenundfünzig. Anna versuchte sich umzublicken, ohne den Kopf zu heben. Achtundfünfzig. Sie zählte noch bis sechzig. Neunundfünfzig. Sechzig. So, jetzt. Mit kummervoller Miene stellte sie sich neben die Schuster Oma, die sich die Tränen mit dem Seuchentuch trocknete. Auch Anna liefen die Tränen hinunter. Sie flennte wie ein Schlosshund. Wie eine richtige Heulsuse. Omas Hand griff nach Annas. Sie war warm, feucht, rau und voller Schwielen. Plötzlich wich Anna zurück, aber zu spät. Schon hatte Oma ihr mit dem Seuchentuch über die Wangen gewischt.

Jetzt setzte sich Oma und mit ihr der ganze Tross in Bewegung. Endlich, die Trauergemeinde zog heimwärts.

Einen Leichenschmaus gab es nicht. Keiner wusste so recht, was sagen. Nach umfassendem gegenseitigem Schulterklopfen und Umarmungen stiegen alle schnell in ihre Autos und fuhren in unterschiedliche Richtungen davon.

Das war's. Das Ende von Annas Vaters. Wie er es selbst prophezeit hatte.

„Tut mir echt leid", sagt Sibylle mit einem samtigen Dackelblick und tätschelt mir aufbauend den Unterarm – oder die Stelle, wo sie diesen unter den dick angewachsenen Kleiderschichten vermutet.

„Lieb von dir", sage ich und ziehe, während ich tiefer in den Stoffberg zu rutschen versuche, meinen Arm weg. „Ja, es war echt schräg", rede ich weiter. „Da ich meinen Vater nicht oft gesehen habe, fiel mir seine Abwesenheit kaum auf. Das war das Allertraurigste daran", versuche ich zu erklären. „Er spielte in meinem Leben einfach keine Rolle."

Ich verstumme, schaue aus dem Fenster, das von einer kleinen dünnen Eisschicht überzogen ist. Der Mond wird von einer Wolke verdeckt. Es ist stockdunkel. Ein Blick auf meine Armbanduhr: Viertel nach Mitternacht. Die Eiche und ihre kahlen Äste zeichnen sich nur undeutlich gegen den fast schwarzen Himmel ab.

Sibylle folgt meinem Blick, entlang des Horizonts, lässt ihre Augen schließlich auch auf dem alten Baum ruhen. Geistesabwesend kaut sie an ihren Fingernägeln. Hat sie einen Finger bearbeitet, betrachtet sie ihr Werk kritisch, bevor sie sich den nächsten Nagel vornimmt. Nachdem beide Hände vollendet sind, rollt sie die Finger um ihre Daumen, als wolle sie diese drücken und verharrt in dieser Position.

Ein Stoß erschüttert den Waggon.

„Fahren wir?" *Überrascht blickt Sibylle auf. Da geht das Licht aus.*

„Huch!"

„Äh", *entfährt es mir.*

Die Tür schwingt auf.

„Es tut mir leid, das Notstromaggregat ist hinüber", *hören wir die müde Stimme des Schaffners.* „Versuchen Sie zu schlafen. Das mache ich jetzt auch."

Wir hören ihn weiterschlurfen, die Tür geht zu.

„Recht hat er", *pflichte ich ihm bei,* „nur bin ich gar nicht müde."

„Ich auch nicht", *kichert Sibylle.*

Ich höre etwas rascheln.

„Magst du ein Sandwich? Mit Käse", *flüstert Sibylle mir zu.*

„Gerne."

Wir essen. Im Dunkeln. Ganz leise, damit die anderen schlafen können.

„Was ist mit deinem Vater passiert?" *In der Dunkelheit traue ich mich, Sibylle danach zu fragen.*

„Herzinfarkt, vor vier Jahren. Konnte die Finger nicht von den Zigaretten und den Chips lassen." *Sie schluckt.* „Er war alles, was ich hatte, nach Mutters Tod …"

„Oh, deine Mutter ist auch tot? Mein Beileid."

„Ach, das ist lange her. Sie ist bei meiner Geburt gestorben", *erzählt Sibylle.* „Das hat sich mein Vater nie verziehen. Und die Verwandten meiner Mutter ihm auch nicht; sie haben sich alle von uns abgewendet", *erzählt Sibylle.*

„Aber da kann doch dein Vater nichts dafür", *empöre ich mich.*

„Na ja, er wollte unbedingt die Hausgeburt, weißt du", *erklärt sie und atmet tief aus.* „Es war schön, jetzt doch noch meine Tante kennenzulernen. Und sie hat eine unglaublich nette Tochter, Petra."

„Wirst du sie wiedersehen?"

„Sie will mich besuchen kommen und meine Perlentiere anschauen."

„Perlen-…? Haustiere, meinst du!?"

Sibylle lacht, das erste Mal. „Beides." Und dann erklärt sie detailliert, wie sie kleine Tiere aus Perlen und Draht formt. Im ehemaligen Zimmer ihres Vaters will sie den gesamten Münchner Zoo nachbauen.

„Ein Drittel habe ich in etwa", berichtet sie stolz und weil ich es mir einfach nicht vorstellen kann, kramt sie ein Foto aus ihrer Tasche hervor. Im Dunkeln erkenne ich nichts.

„Nachher", tröste ich sie. Da flackert die Lampe über uns auf, wird kurz ganz hell und erlischt dann komplett.

„Schade", seufze ich schicksalsergeben.

„Wäre ja auch zu schön gewesen", pflichtet Sibylle mir bei. „Aber hey, zum Erzählen und Zuhören brauchen wir kein Licht", verkündet sie schelmisch. „Oder ist deine Geschichte zu Ende? Keine Toten mehr?"

„Ach so, das meinst du. Doch, doch, klar geht die Geschichte weiter." Ich richte mich auf, zupfe meinen Mantel zurecht.

„Und zwar mit meiner Cousine Daniela. Sie war nur zwei Jahre älter als ich und wohnte mit ihren Eltern im Haus von Oma Rita und Opa Boris. Wenn ich in den Ferien zu Besuch war, spielten wir zusammen und stritten uns auch oft – vielleicht wie Geschwister das tun. Das kann ich nur vermuten, ich habe ja keine. Keine richtigen. Daniela war so etwas wie meine Schwester auf Zeit, meine Ferienschwester…"

1981

SCHOKOLADE UND TABLETTEN ODER: WIE MAN SICH DÜNNE MACHT

„Nu' spring schon!", schrie Daniela und klatschte sich, als wäre es das Startzeichen, mit der flachen Hand auf den nackten Oberschenkel.

„Okay", sagte Anna tonlos, ging langsam in die Knie, machte die Arme lang, streckte sie hoch über ihren Kopf, wippte versuchsweise auf dem Sprungbrett, als wolle sie dessen Elastizität prüfen und versteinerte in dieser Position.

„Angsthase, Pfeffernase, morgen kommt der Osterhase!", schrieen ein paar Jugendliche am Beckenrand und lachten laut und gekünstelt.

„Hey, wir ham hier nich' ewig Zeit", maulte ein verdrießlich drein schauender Junge – vielleicht schlugen ihm die vielen Eiterpickel in seinem Gesicht auf die Laune –, der hinter Anna auf dem Drei-Meter-Turm wartete.

Was meinte er mit „wir"? Er stand da doch ganz allein. Aber Anna sagte: „Ja, gut" und drehte sich langsam zurück, Richtung Wasser.

„Die traut sich heute eh' nicht mehr", höhnte es von unten hoch. Anna versuchte, nicht hinzuhören. Konzentrierte sich auf die türkise Wasseroberfläche und die kleinen Wellen, die sich darauf kringelten. Ging in die Knie, nahm die Arme hoch, die Hände fest zu Fäusten geballt, streckte sich lang, wippte und – sprang.

Sie war wirklich gesprungen, oh Mann! Sie konnte es kaum fassen.

Das machte ihr eine solche Angst, dass sie sich direkt, fast noch während des Absprungs, umentschied. Nein, lieber doch keinen Köpfer. Anna ruderte mit den Armen gegen, strampelte mit den Beinen nach hinten – und landete auf dem Bauch.

Wasser stieg ihr in Nase und Augen. Ihr ganzer Körper schien plötzlich zu brennen, förmlich zu verbrennen. Was für ein höllischer Schmerz! Noch schmerzlicher war nur die Schmach. Am liebsten wäre sie gar nicht aus dem Wasser aufgetaucht. So ein Scheiß. Sie hatte es mal wieder vermasselt. Was für eine Blamage!

Mit einer Hand tastete sie nach ihrem Bikinioberteil, das nach oben gerutscht war. Es sollte an seinen Platz zurück, wenngleich es dort kaum etwas zu bedecken gab; mit der anderen richtete sie die Hose, zupfte hektisch den Stoff aus der Poritze. Dann erst tauchte sie blubbernd auf, gierig die Sommerluft einsaugend.

„Na endlich", raunte Daniela nur, gänzlich unbeeindruckt von Annas Sprung. „Wurde ja auch mal Zeit. Mir ist saukalt. Komm jetzt!", befahl sie und marschierte los, ohne abzuwarten, bis Anna aus dem Becken gestiegen war.

Schnell lief Anna hinterher, rieb sich unauffällig den Bauch und kämpfte gegen die Tränen, die sich von innen den Weg nach außen zu bahnen suchten. Um den Nabel herum war die Haut krebsrot und pulsierte unangenehm heftig. Bestimmt sah ihr Gesicht ähnlich aus. Hoffentlich waren keine Jungs aus ihrer Klasse da. Aber das war leider sehr, sehr unwahrscheinlich. Es waren schließlich Sommerferien und bestes Wetter, da versammelte sich die ganze Schule, ja, die ganze kleine Stadt hier im Freibad.

„Nächstes Mal." Daniela hatte Annas gedrückte Stimmung doch bemerkt und schaute sie tröstend an, knuffte sie aufmunternd in die Seite.

„Hmmm", sagte Anna, hob aber den Blick nicht vom Boden und lief tropfend neben ihrer Cousine her und fühlte sich dabei mehr denn je wie ein watschelndes Entlein neben einem würdevoll stolzierenden Schwan, der Daniela in diesem Augenblick war. An diesem heißen Tag im Sommer war sie schön. Wunderschön. Gerade so, als würde Annas Schmach Danielas Aussehen noch zuträglich sein.

Daniela sah nicht immer gut aus. Sie bemühte sich wirklich sehr. Aber es gelang ihr nicht. Nicht immer. Sie war zwar hübsch. Super hübsch. Aber sie neigte zum Pummeltum. Und so begann sie schon als Zehnjährige, eine Diät nach der anderen zu praktizieren. Sie kannte alle Abspeckkuren dieser Welt, wie sie in den Frauenzeitschriften Frühjahr, Sommer, Herbst und Winter angepriesen und von ihrer Mutter mit Hingabe getestet wurden. Miami Beach, Atkins, Trennkost, Joggen statt Essen. Sie kannte alle, aber keine half. Kaum war eine Diät beendet, mit der Daniela sich tatsächlich erfolgreich ein paar Kilo vom Leib gefräst hatte, da schossen ihr auch schon die nächsten Pfunde in die Fettzellen, beulten Hüften und Beine aus, stülpten Po und Bauch nach hinten und vorne aus.

Wenn dieser Punkt erreicht war, gab sie auf, kapitulierte und ging auf die Suche nach den von ihrer Mutter ideenreich in der Wohnung versteckten Süßigkeiten und aß alle auf, derer sie habhaft werden konnte. Bis ihr schlecht wurde. Das war die Belohnung für ihre Askese in der Zeit davor. Und das war die Strafe, dass sie so undiszipliniert war. Die Übelkeit und die erneut gewonnene Leibesfülle.

Ins Schwimmbad kam Daniela nur mit, wenn gerade eine der Diäten ansprach. Dann schwang sie sich in ihren Bikini, Größe einhundertsechsundsiebzig, zog den Bauch ein – „gutes Bauchmuskeltraining", erklärte Ihre Durchlaucht – und promenierte kerzengerade und mit nach vorn gedrücktem Busen neben Anna her. Ihr Blick glitt großmächtig über all die anderen Normalsterblichen hinweg.

Auf dem Weg zur Liegewiese tapste Anna mit ihrem Rundrücken, in dem sie sich versteckte wie eine Schildkröte in ihrem Panzer, neben ihrer Cousine her, die mit ihrer charismatischen Ausstrahlung alle Blicke auf sich zog. Während Annas Füße breit mit einem satten Schmatzgeräusch auf den Waschbeton platschten, setzte Daniela ihre mit Bedacht auf, Zehenspitzen zuvorderst wie eine Ballerina. Ihre Fersen berührten den Boden kaum, schon federte sie wieder nach oben. „Ist gut, um die Waden zu formen, Muskelaufbau, du verstehst", erklärte sie mit wichtigtuerischer Miene. Und weiter tipp tapp, tipp tapp.

Die Schönheitstipps kannte Anna alle schon. Hier rein, da raus. Sie rubbelte sich derweil mit ihrem Handtuch trocken, ganz vorsichtig in der Körpermitte. Daniela schien die Wassertropfen eher zu liebkosen, so sorgfältig tupfte sie einen nach dem anderen von ihren Beinen, das lange braune Haar adrett in einen Turban gewickelt. Unter dem weißen Frottee blitzen ihre braunschwarzen Augen

herausfordernd auf, wenn sie auf den Blick eines Anderen trafen, und der Mund verzog sich zu einem leicht spöttischen Lächeln. Sie sah umwerfend aus. Wie eine Haremsdame nach dem Bade. Sie war schlank und strotzte entsprechend nur so vor Selbstbewusstsein.

„Ich will ein Eis", forderte die orientalische Prinzessin.

„Hab' kein Geld", zuckte Anna mit den Schultern. „Du?"

Daniela schüttelte den Kopf und befahl: „Flaschen sammeln."

„Och nee, muuuuss das sein?" Anna hasste das. Irgendwie peinlich, diese Jagd nach Pfandgeld. Lieber kein Eis als so eine elendige Bettelei um leere Flaschen. Fand Anna. Aber Daniela konnte unerbittlich sein. Vor allem wenn es ums Essen ging. Sie stapfte los, siegessicher den Kiosk im Visier.

Anna schlich am Wegesrand entlang, linste verschämt in die Mülleimer, untersuchte das Gras und die Hecken, sofern gerade niemand in Sicht war, und versuchte sich vor direkten Ansprachen zu drücken.

Daniela war schmerzfrei.

„Brauchst du die noch?", haute sie einen jungen Mann an, der sich auf einer Decke langgestreckt hatte, den Kopf zur leeren Bierflasche neben ihm geneigt.

„Zieh' Leine!", ranzte er sie an.

Egal, Daniela hatte längst ihr nächstes Opfer erspäht, beugte sich hinunter, ließ eine Hand griffbereit über der Beute schweben und schob noch ein „Kann ich?" vor ihren Zugriff – und hatte Glück mit ihrer nassforschen Art. Die Besitzerin blickte kurz von ihrem Buch auf. „Was? Ach so. Ja, okay, nimm sie mit", und las weiter.

Anna wäre am liebsten vor Scham im Boden versunken. Zu allem Übel sagte Daniela: „Jetzt bist du dran!", und schubste sie zu einer laut krakeelenden Meute, die sich an einem der Tischchen vor dem Kiosk breitgemacht hatte.

„Ach, bitte nicht. Ich kann das nicht …", stammelte Anna noch, doch da stand sie schon mittenmang.

„Entschuldigung, brauchen Sie diese leeren Flaschen noch?", fragte sie tapfer, aber zu leise. Keine Antwort. Stattdessen drehte sich einer der Männer vom Nachbartisch zu ihr um.

„Anna!", rief er vorwurfsvoll. „Das sollst du doch nicht!" Er kam zu ihr und zischte: „Nicht betteln! Das haben wir Schusters nicht nötig." Sie wurde erneut puterrot. „Ja, Papa, ich weiß, Daniela meinte nur ..." Sie verstummte. Warum sollte sie sich überhaupt erklären? Gerade ihrem Vater gegenüber, pff, als ob der sich immer eins a benehmen würde! Was wollte der denn? Sie wusste nicht, was peinlicher war: das Flaschensammeln oder ihr Vater, der sich aufspielte und sie wie ein Kleinkind behandelte. Sonst interessierte ihn auch nicht, was sie tat.

„Haste mal 'ne Mark?" raunte Heinz Schuster über seine Schulter hinweg einen seiner Kumpels an, nahm das Geldstück entgegen, drehte sich zu ihr zurück.

„Da haste. Für'n Eis müsst's reichen", brummte er und setzte sich wieder an den Tisch, auf dem sich die leeren Bierflaschen stapelten. Daniela bekam vor lauter Gier glasige Augen. Anna zog sie schnell weg.

„Ist ja 'ne Schande, was", tuschelte Daniela ihr im Gehen zu. Sie konnte kaum den Blick von ihnen lösen. „Na ja, sei's drum. Was haste?" Daniela blickte auf die Mark, kramte in ihrem Brustbeutel. Fünfzig Pfennig. „Wenn wir zusammenschmeißen, reicht's für zwei Cola-Eis, eins für jeden."

Anna zog die Nase kraus, hatte sich schon auf eine üppige Eistüte gefreut, willigte aber doch nickend ein. Allein essen wäre irgendwie doof.

Annas Zunge klebte an der gefrorenen Limonade. Sie kämpfte mit dem Wasser-Eis, während sie zurück zur Liegewiese schlenderten. Ein paar Jungs von ihrer Schule bogen um die Ecke und Anna duckte sich in Danielas Windschatten. Wäre nicht nötig gewesen. Die Kerle – es waren drei – nahmen sowieso keine Notiz von ihr. Hatten nur Augen für die ältere Cousine, die jetzt vor Lebenskraft nur so strotzte, mit den Lidern klimperte, hin und her tänzelte und jenen säuselnden Tonfall annahm, den Anna hasste.

„Kommst du auch heute Abend in die Disco?", fragte der Sprecher des Trios. Er war unglaublich gutaussehend, dichte blonde Haare, blitzblaue Augen. Hätte der Sänger einer Band sein können. Vielleicht war er das auch. Der Schwarm aller Mädchen, zumindest der jüngeren, an Annas Schule.

„Weiß nicht." Daniela tat gelangweilt und wickelte sich dabei eine lange braune Haarsträhne um den Zeigefinger.

„Wird bestimmt cool. Das Disco Team 2000 legt auf. In der Turnhalle", erklärte Blondie weiter.

„Hm, ja, vielleicht komm' ich." Daniela gab sich uninteressiert.

Anna kämpfte derweil mit dem verflüssigten Eis. Ein riesiger Klecks war ihr auf den Oberschenkel getropft. Sie wischte. Es klebte.

Endlich trabten die Drei von dannen und Daniela wandte sich wieder ihr zu.

„Muss mal." Sie deutete rüber zu den Klos und schon lief sie ihrer eigenen Hand hinterher, warf das zur Cola geschmolzene Eis im Vorbeigehen in einen Abfalleimer am Wegesrand.

Anna blickte ihm sehnsüchtig nach. Dann hätte sie ja doch 'ne Waffeltüte … na, zu spät.

Die Jungs aus der Neunten kamen noch mal vorbei. Plusterten sich auf. Wohl auf dem Weg zum Sprungturm. Testosteron abbauen. Anna blinzelte schüchtern auf. Aber sie erkannten sie nicht, guckten durch sie hindurch.

Wo blieb Daniela? Das dauerte ja ewig. Anna tippelte ungeduldig hin und her. Der Bikini hatte auch Eis abbekommen. Am besten gleich auswaschen, dachte sie.

Stellte sich in der Toilette ans Waschbecken, rieb vehement Flüssigseife in den Stoff ein. Sie richtete sich auf. Was waren das für merkwürdige Geräusche?

„Daniela, bist du das?" fragte sie. „Alles okay bei dir?"

Stille.

„Geht's Dir nicht gut?"

Nichts.

„Daniela?", hakte Anna nach.

„Was ist denn? Kann man nicht mal in Ruhe aufs Klo gehen?", herrschte sie Anna durch die geschlossene Tür hindurch an. Die Spülung rauschte, die Tür flog auf und Daniela schob sich neben Anna ans Becken.

„Was war'n das?" fragte Anna noch mal.

„Keine Ahnung, was du meinst." Daniela zog eine Augenbraue hoch und piekte Anna ihren Zeigefinger in die Brust, wo der Fleck – jetzt etwas heller braun – immer größere Kreise zog. Unterhalb des Bikinioberteils bitzelte ihre immer noch etwas gerötete Haut in Erinnerung an den Bauchplatscher von vorhin.

„Wie du wieder aussiehst", rümpfte Daniela die Nase, strich sich die Haare glatt, platzierte ein „Können wir?" und stolzierte hinaus in die Sonne.

So war sie, Annas Cousine Daniela. Ein scheinbar unerschütterliches Selbstbewusstsein, um das Anna sie beneidete. Davon hätte sie gern auch ein Stückchen besessen. Eine kleine Scheibe nur.

Aber auch Daniela hatte nicht immer genug davon. Wehe die Diäten schlugen nicht mehr an. Dann ging sie kaum aus dem Haus, geschweige denn ins Schwimmbad. Dann hüllte sie große T-Shirts wie Zelte um sich.

„Spielen wir Barbie?", fragte Anna.

„Keine Lust", war Danielas Antwort, die Anna schon erahnt hatte. Wenn sie nicht locker ließ und Daniela hartnäckig weiter umwarb, konnte Anna sie meistens dennoch zu einem Spielchen überreden.

Daniela hatte eine Gabe: Sie konnte alles veredeln, was durch ihre Hände ging. Sie war darin so überzeugend, dass Anna felsenfest davon überzeugt war, dass Danielas selbst gehäkeltes Barbie-Wollkleid viel schöner war als das Abendkleid, dass Anna gerade für ihre Puppe neu geschenkt bekommen hatte. Überhaupt war die breitgesichtige Petra mit den fransigen rotbraunen Locken eine viel, viel schönere Frau als die blonde Barbie mit den großen blauen Augen und der ovalen Kopfform. Anna war Daniela dankbar, als sie die Puppen samt Kleider tauschten.

Und Anna weinte bitterlich, als sie alles wieder zurücktauschen musste. Ihre Mutter hatte von der Aktion Wind bekommen. Und ihre Tante versetzte Daniela eine Tracht Prügel. Anna hörte sie im Nachbarzimmer.

Wenn Daniela dick war, konnte sie unglaublich gemein sein. Besonders schlecht sah es für Anna aus, wenn Daniela gerade nicht mit ihrer besten Freundin Christiane zerstritten war. Da war es besser, Anna machte sich dünne, bevor die beiden auf blöde Ideen kamen und sie zwar in ihren erlauchten Spielkreisen duldeten, aber unter Auflagen. Dann konnte es passieren, dass Anna zur Dienstbotin degradiert wurde, während die beiden Älteren die Prinzessinnen gaben. „Anna, tu dies!" und „Anna, tu das!", befahlen sie in einem fort, bis Anna sich fürwahr so klein und schäbig fühlte wie Aschenputtel höchstpersönlich.

Einmal hat ihr die Cousine sogar die Hose zerrissen – „Strafe muss sein", sagte Daniela zu ihrer Magd, die nicht gehorcht hatte – und Anna musste mit zerfetztem Hosenboden durchs Dorf nach Hause laufen. Anna heulte, aber nur ganz leise, um möglichst keine Aufmerksamkeit auf sich zu ziehen.

Manchmal musste Anna den Hund der Königsfamilie spielen und den ganzen Nachmittag unterm Tisch kauern. Bei schönem Wetter spielten sie oft zu dritt Verstecken im Garten. Dann musste Anna die beiden suchen.

Fast nie durfte Anna sich verstecken. Einmal aber doch und sie hatte das beste Versteck der Welt gefunden. In den Johannisbeerbüschen, ganz hinten in der Ecke, am Rand der Gartenmauer, kauerte sie und wartete darauf, dass sie gefunden wurde.

Ein schwarzer Vogel – eine Amsel – flog vorbei, den gelben Schnabel voller kleiner Zweige. Er peilte einen Ast des Kirschbaums in der Mitte des Gartens an. Fast hatte er es geschafft, da zog ihn das Gewicht seines Gepäcks nach unten. Der Vogel versuchte es noch einmal, stürzte beinahe ab und konnte seinen Sturzflug nur verhindern, indem er alle Stöckchen fallen ließ. „Tix tix tix", schimpfte die Amsel vor sich hin und flatterte aufgeregt in die Höhe.

Langsam schliefen Anna die Beine ein. Vorsichtig richtete sie sich auf, soweit es ging. Die Büsche kratzten ihr im Gesicht. Wo blieb Daniela nur? So gut war das Versteck nun auch wieder nicht.

Die Amsel war zurückgekommen und setzte erneut zum Flug auf den untersten Zweig an. Diesmal schaffte sie es gleich beim ersten Anlauf, hatte ihr Gepäck vielleicht besser auf die eigenen Kräfte abgestimmt. Jetzt kam ein zweiter Vogel mit unscheinbar braunem Gefieder und ebenfalls mit Hölzchen beladen. Schau an, die beiden bauten sich hier in Opas Garten ein Nest. Gemütlich war es ja und Kirschen und Beeren gab es auch genug zu fressen.

Verdammt noch mal, wo blieben die blöden Weiber? Anna ging ein paar Mal in die Hocke, um ihre Beine zu lockern. Sie hatte keine Lust mehr. Sie verließ ihre Höhle aus Ästen und Blättern und strich durch den Garten. „Daniela!", rief sie.

„Christiane!" Die beiden waren nirgends zu sehen. „Dack derri gi gi gi", zeterte die Amsel, und: „Duck duck duck", als wolle sie Annas Rufen antworten.

Von Daniela und Christiane keine Spur. Anna gab auf und ging ins Haus, zu Oma und Opa. Und da saßen die beiden Prinzessinnen! Einträchtig am Küchentisch und malten.

„Ach, hier seid ihr!", rief Anna ärgerlich aus.

„Ja. Warum auch nicht?" Daniela drehte sich zu Anna um und schaute sie unschuldig an. Christiane unterdrückte ein Kichern.

Manchmal – aber nur manchmal – hatte Anna Mitleid mit Daniela, denn sie hatte es nicht nur leicht im Leben. Man nehme nur mal ihren Vater, Onkel Andre. Wenn man Anna fragte, war er absolut geisteskrank und total gestört.

Später in diesem Sommer ging er – „zum Spaß", wie er gegenüber seiner Frau abwiegelte – mit einem Fleischermesser auf die Kinder los. Anna rannte zu ihrem Versteck unter den Johannisbeersträuchern und drückte Daniela und Christiane die Daumen, dass sie dem wahnsinnigen Onkel entkommen würden.

Das Amselpaar im Kirschbaum hatte inzwischen Junge bekommen. Drei kleine Federkugeln piepten aus dem Nest um die Wette und wurden noch lauter, wenn sich die Eltern mit Futter im Schnabel näherten. Was die alles fraßen, diese Vögelchen, unglaubliche Mengen an Würmern und Beeren.

Sicherheitshalber wartete Anna eine halbe Stunde oder länger unter den Zweigen. Sie hatte Angst. Onkel Andre war Furcht einflößend. Hoffentlich verschwand er bald wieder in der Wohnung, erst dann wollte sie sich hinauswagen aus ihrem Versteck, in den Garten.

Die Vogeleltern trieben jetzt ihre Brut an den Rand des Nestes. Vorsicht, sie fallen gleich, wollte Anna rufen, doch da flogen sie auch schon, tollpatschig irgendwie und unbeholfen, aber alle drei Vogelkinder kamen unbeschadet unten auf der Wiese an. Ach so, Flugstunden! Anna atmete erleichtert auf.

Jetzt spähte sie vorsichtig aus ihrer Blätterhöhle. Der Garten war leer. Keiner mehr da. Leise schlich Anna an den Blumenbeeten entlang, in die sichere Wohnung der Großeltern.

Ob es in dieser Nacht war oder erst ein paar Tage später, konnte Anna beim besten Willen nicht mehr sagen. Jedenfalls war sie aufgewacht und musste mal. Sie hatte sich gerade aufs Klo gesetzt, als sie vom Garten her Geschrei hörte. Es war stockdunkel draußen, nur der Mond schwebte sichelförmig, wie ein riesiger Fingernagel, über allem.

Anna stellte sich auf die Klobrille – obwohl das von den Großeltern strengstens untersagt war – und linste aus dem kleinen Klofenster. Draußen sah sie Onkel Andre, der ein Holzbeil über seinem zornesroten Kopf schwang. Ihr entfuhr ein spitzer Schrei. Tante Hilde war gerade um die Ecke entwischt, als die Axt niederfuhr und sich in den Apfelbaum grub. Da steckte sie erst mal fest und selbst Onkel Andre in seiner Wut bekam die Klinge nicht gleich gelockert.

Das war die Chance für Hilde. Sie rannte kreischend ins Haus. Anna hörte wie der Schlüssel dreimal im Schloss gedreht wurde. Danach rauschten die Rollläden im Erdgeschoss, einer nach dem anderen, scheppernd hinunter. Der Onkel schäumte vor Wut, doch es nutze ihm nichts: Er war ausgesperrt, aus seiner eigenen Wohnung. Mitten in der Nacht.

Mitleid mit dem Onkel hatte Anna nicht, natürlich nicht, warum auch. Einschlafen konnte sie nun nicht mehr. Lag wach im Bett. Am nächsten Tag taten alle, als sei nichts passiert. Tante Hilde erzählte, wie schön es auf dem Weinfest in der Stadt gewesen war und wie viel sie getanzt hatte und mit wem. Onkel Andre verzog keine Miene. Völlig regungslos saß er da und starrte vor sich hin. Er wirkte wie das klischeehafte Abbild eines unberechenbaren Irren.

Sicherheitshalber machte Anna wann immer möglich einen großen Bogen um ihn.

Dass Daniela auch ihre kleine Base liebte, dessen war sich Anna sicher. Anna wusste das einfach. All ihre Derbheiten konnten nicht darüber hinwegtäuschen. Und dann lieferte Daniela eines Tages auch den Beweis und zwar in Form ihres Bärchens Bärli.

An jenem Tag befand Oma Rita, dass Annas geliebtes Kuscheläffchen Judy weg musste. Sie wollte ihn verbrennen und schaffte es tatsächlich – wer weiß wie? – Anna mit Engelszungen zu überreden. Nun gut, der Affe stank wahrhaftig erbärmlich. Das war ein Argument. Aber hätte man es nicht erst einmal mit Waschen versuchen können? Oder mit Wegwerfen? Verbrennen, das ist endgültig. Unwiederbringlich, unwiderruflich weg.

Anna war sich sicher, dass Oma Rita schon kurze Zeit, ganz kurze Zeit später, den Einsatz ihrer Überredungskünste bereute, nämlich als es ans Ins-Bett-Gehen ging und ihre Enkeltochter in einen Heulkrampf verfiel, aus dem nur Daniela ihr heraushelfen konnte, indem sie der Cousine ihr eigenes Lieblingsschmusetier – jenes Bärli eben – für eine Nacht lieh. Anna fragte sich, wie Daniela ohne ihren Kuschelbär in dieser Nacht eingeschlafen war?

Für immer entschlafen ist sie einige Jahre später, mit gerade mal achtzehn Jahren. Dabei schien sich für Daniela alles zum Guten zu wenden. Endlich hatte sie eine Lehrstelle als Frisörin ergattert. Auf dem Weg zur Arbeit – es hätte ihr erster Arbeitstag werden sollen – fuhr sie gegen einen Baum. Der stand etwas entfernt vom Fahrbahnrand, lag nicht direkt auf dem Weg. Aber es war ein großer Baum mit einem dicken Stamm unter seiner fürstlich grünen Krone.

Schon lange vorher war Daniela eine andere geworden. Die Draufgängerin von einst war verschüttet unter Komplexen, weggehungert von strengen Diäten und ausgemergelt durch straffe Fitnessprogramme. Als Kind kannte Daniela keine Angst, nicht vor der Höhe, nicht vor Hunden, nicht vor fremden Menschen. Irgendwann aber muss die Angst sie eingeholt, von ihr Besitz ergriffen und nicht mehr losgelassen haben.

Dass Daniela Frisörin werden wollte, passte zu ihr. Zu guter Letzt hätte sie ihr Hobby – Schminken, Mode, Frisuren, gutes Aussehen – beruflich verfolgen können und wäre dafür sogar noch bezahlt worden. Wenngleich ihr die umwerfend attraktiven und gertenschlanken Kolleginnen in spe bisweilen ein wenig Angst machten. In Vorbereitung auf die Lehrstelle konnte keine auch noch so als heilsbringend angepriesene Hungerkur mehr helfen, es musste etwa Handfesteres her. Da schickte es sich gut, dass in der Hausapotheke der Mutter der ein oder andere Appetitzügler zu finden war. Daniela bediente sich. Die Tabletten tunte sie mit Alkohol – dann wirkten sie noch besser und der Hunger war ein für alle Mal gebannt, wurde von den Pillen in Schach gehalten wie ein kläffender ausgemergelter Köter von den Stäben seines Käfigs. Aber wehe, wenn er sich wider Erwarten befreien konnte …

Wunderschön, super schlank und essgestört war Daniela, als sie an jenem Morgen mit ihrem Fiat Panda – versehentlich oder absichtsvoll? – gegen die alte Eiche raste. Die Feuerwehr kam zu spät. Es dauerte Stunden, bis sie ihren makellosen Körper aus dem kleinen Auto herausgeschweißt hatten.

Anna blieb allein zurück. Einmal im Monat besuchte sie die Teilzeitschwester auf dem Friedhof. Mal brachte sie ihr ein Barbie-Glitzerkleid mit, mal ein paar Puppenstöckelschuhe und drapierte die Gaben auf dem kleinen Feld vor dem Urnengrab. Tante Hilde, mittlerweile vom verrückten Andre geschieden, ließ ihre Tochter verbrennen. Nicht aus Überzeugung, sondern aus Geldmangel.

„Glaubt mir: Sterben ist nicht billig, oh nein", wurde Tante Hilde seither nicht müde zu betonen.

Sibylle wirkt versteinert. Offensichtlich hat die Geschichte sie ganz und gar gefangengenommen. Sitzt wie paralysiert – oder wie festgefroren? – auf der dunkelroten Bank.

„Oh Mann, das ist ja zu arg. Die Ärmste! So jung", Sibylle schüttelt ungläubig den Kopf. *Ich weiß nicht recht, was ich sagen soll* **und gestehe schließlich:** „Besonders merkwürdig fühlt es sich an, seit ich älter bin, als sie es je war."

Wir schauen beide aus dem Fenster.

„Fahren wir?", *fragt Sibylle ungläubig.*

Die Eiche wandert langsam im Fenster nach links.

„Ja, tatsächlich, wir fahren!" *rufe ich erstaunt.*

Die Lok brummt zufrieden und legt an Fahrt zu. Sibylle lächelt. „Das ist gut, das ist sehr gut", *murmelt sie.*

Ich fasse zur Heizung, drehe am Regler. Warme Luft strömt mir entgegen. Ich reibe meine Hände über dem Metallrost, wärme sie wie über einem Lagerfeuer.

„Wurde ja auch Zeit", schimpfe ich leise, da kommt der Zug auch schon wieder stöhnend zum Stehen.

„Oh", sagt Sibylle.

„Ach", sage ich.

Wir recken unsere Köpfe, suchend umherschauend, doch es bleibt dabei. Die Bahn steht, die Heizungsluft versiegt.

Sibylle fällt wie ein leerer Sack in sich zusammen. „Weißt du, ich will mich auch verbrennen lassen, wenn ich tot bin", gesteht sie mir.

„Interessant. Dass du darüber schon einmal nachgedacht hast …" Ich stelle fest, dass ich für meinen eigenen Tod, geschweige denn meine Beerdigung, bisher keinen einzigen Gedanken aufgewendet habe.

„Ja, weißt du, ich hab da so eine Reportage gesehen über Scheintote", erklärt sie mir und füllt sich wieder mit Leben. „Seither hab ich Angst, scheintot beerdigt zu werden."

„Aha", stammle ich verständnislos.

„Wer verbrannt wird, liegt noch ein paar Tage länger im Leichenschauhaus", berichtet sie. „Damit steigen die Chancen, dass man entdeckt wird."

„Aber auch, dass man bei lebendigem Leibe verbrannt wird", denke ich laut nach.

Sibylle sinkt wieder in sich zusammen: „Daran habe ich ja noch gar nicht gedacht!"

Einmal mehr verfluche ich meine verbale Impulsivität.

„Besser als lebendig beerdigt", versuche ich, das Ruder herumzureißen.

Sibylles Augen füllen sich mit Wasser. Unweigerlich würde sie gleich losweinen.

„Ich muss mal", rufe ich schnell und springe auf.

„Ich geh' mit", sagt Sibylle, etwas gefasster.

Wir schleichen leise durch den dunklen Zug. Auf dem Weg schaue ich in müde, graue Gesichter. Manche schlafen, zusammengekauert oder in die Polster gedrückt, oder versuchen es doch wenigstens. Andere reden leise miteinander. Einige haben sich auf dem Flur langgestreckt. Wir tippeln vorsichtig um Arme, Leiber und Beine herum. Auf der Toilettentür prangt ein Schild: „Defekt".

„Na, super", murmle ich und bedeute Sibylle brummig, dass wir wieder zurück und in die andere Richtung müssen.

Aber wir kommen nicht weit.

„Wenn ihr aufs Klo wollt, den Weg könnt ihr euch sparen, ist verstopft", erklärt uns ein Wegelagerer, der zwischen unserem Abteil und den Toiletten campiert.

„Verflixt. Ich muss so dringend, das halt ich nicht mehr länger aus", sagt Sibylle und steigt nervös von einem Fuß auf den anderen.

„Hast du 'ne Flasche oder 'ne Tüte dabei?"

„Igitt! Spinnst du, das mach ich nicht!"

„Was sollen wir sonst tun?" Ich überlege. Es muss noch eine dritte Lösung geben.

„Wie wäre es draußen, hinter einem Busch?"

Sibylle überlegt, dann nickt sie. Wir drücken die Klinke hinunter und die Tür lässt sich tatsächlich öffnen. Wir stapfen durch den Schnee und kichern wie Teenager, die das erste Mal heimlich eine Zigarette rauchen. Nebeneinander kauern wir einträchtig, wenn auch frierend, und pinkeln Muster in den jungfräulichen Schnee.

Unser Kichern verstummt schlagartig, als der Zug plötzlich laut ächzt.

„Oh Scheiße, Sibylle, ich glaube, der Zug fährt an!" Ich ziehe die Hose hoch und renne mit offenem Reißverschluss los.

„Warte!", kreischt Sibylle hinter mir, aber ich weiß, dass das ein Fehler wäre. Wenn der Zug weg ist, nützt es ihr wenig, dass ich auf sie gewartet habe und wir zusammen hier in der Einöde erfrieren. Also renne ich, ich sprinte. Ich wusste gar nicht, dass ich so schnell laufen kann. Und schreie: „Stopp!" Und: „Halt!" Ich höre Sibylle hinter mir schnaufen. Und dann hält die Bahn, einfach so. Wir springen auf.

„Der Zug steht wieder", bemerke ich und ziehe meinen Reißverschluss hoch, was mit Handschuhen gar nicht so leicht ist.

„Ein Glück", bibbert Sibylle. Ihr läuft eine Träne über die linke Backe. Dann lacht sie, laut, fast hysterisch. Ich lache mit. Erleichtert lassen wir uns wieder auf unserer Bank nieder.

Da entert der Schaffner unser Abteil. Sibylles furchtgeweiteten Augen sagen, dass sie eine Abreibung erwartet, aber der Zugbegleiter hat unseren nächtlichen Ausflug in die Winterlandschaft gar nicht bemerkt.

„Bald geht es weiter, meine Damen, recht bald", schmettert er uns optimistisch entgegen. „Die Oberleitungen sind zwar noch vereist, das gibt sich aber mit Sonnenaufgang. Weil wir den Kurzschluss nicht beheben konnten, wird eine andere Lok kommen, um uns abzuschleppen", verspricht er und setzt ein „Ha ha ha" siegessicher hinterher, bevor er dynamisch unser Abteil durchschreitet und den nächsten Wagon betritt.

„Gute Nachrichten", stellt Sibylle fest.

„Super", pflichte ich bei.

„Was singst du denn da?", fragt mich meine Begleiterin.

„Ich? Ich singe doch nicht."

„Doch, du summst was. Kommt mir bekannt vor", insistiert Sibylle.

Stimmt, sie hat Recht. Ich summe ein Lied. War mir gar nicht aufgefallen. Welches es ist? Ich singe laut, mit Text:

„So nimm denn meine Hände

Und führe mich

Bis an mein selig Ende

Und ewiglich …"

Sibylle schaut mich merkwürdig an und dann heult sie wieder los. Ich reiche ihr ein Taschentuch. Wühle in meiner Reisetasche, werde fündig, reiche Sibylle eine aufgerissene Packung mit Vanillekipferl.

Schniefend nimmt sie eins. Ich schiebe mir gierig ein Hörnchen ganz in den Mund. Lecker.

„Nimm ruhig mehr."

„Gerne!"

„So eine Notlage hat auch etwas Gutes", sage ich mit vollem Mund, „man weiß die kleinen Dinge im Leben zu schätzen."

„Stimmt. Ich freue mich zum Beispiel total auf einen großen frischen Filterkaffee!"

Ich nicke und nehme noch ein Plätzchen. „Weißt du, ich bin richtiggehend kaffeesüchtig", erkläre ich. „Liegt vielleicht daran, dass ich schon als Kind bei meinen Großeltern Kaffee zum Frühstück bekommen habe."

„Echt?", Sibylle zieht die Stirn in Falten.

„Bohnenkaffee stand nach dem Krieg hoch im Kurs. Das wollte man den Enkeln nicht vorenthalten", versuche ich eine Erklärung. „Obwohl mein Opa auch nach dem Krieg weiterhin am liebsten Getreidekaffee trank. Oma Rita verachtete ihn dafür."

„Immerhin, er hat den Krieg überlebt."

„Das stimmt. Er war ein harter Knochen, glaube ich."

Sibylle nahm sich noch einen Keks und lehnte sich zurück. Die Geschichte konnte weitergehen.

1986

ÄPFEL UND ASPIRIN
ODER: KOMM, SÜSSER TOD!

Dass Opa Boris der nächste in Annas persönlicher Totenfolge sein würde, hätte keiner gedacht. Er war das blühende Leben, strotzte vor Kraft und Energie und Lebensfreude, die sich kurioserweise in einem großen, allumfassenden Gejammer manifestierte. „Wenn er lamentiert, geht es ihm gut", sagten seine zwei Töchter und seine Enkelin Anna sagte das auch. Und sie lachten.

Dann hörte er über Nacht auf. Er jammerte einfach nicht mehr. Und alle machten sich Sorgen, richtig Sorgen. Ein halbes Jahr später starb er. Wieder einmal war Anna traurig, mehr als je zuvor, denn er war ihr zu einer Art Vaterfigur geworden, ein Ersatzvater.

Sie hatte sich auch immer mächtig und ausdauernd mit ihm gestritten. Oft lagen sie sich in den Haaren. Das gehörte genauso dazu wie das Jammern. Sie wussten ja, dass sie sich liebten.

Einen seiner – zugegebenermaßen recht kruden – Liebesbeweise kennen wir schon: die Erlösung von Annas Meerschweinchen mittels Holzscheit. Dabei waren durchaus auch praktische Aspekte, wie das Einsparen der Tierarztkosten, Teil seiner Überlegungen gewesen. Sparen lautete sein Lebensmotto, auf dass es den Kindern und den Enkelkindern einmal besser gehe. Auf Tiere konnte keine Rücksicht genommen werden.

Ansonsten handelte er tierlieb, durchaus. Er vergötterte die Hunde seiner Töchter, ging mit ihnen Gassi, tagein tagaus, fütterte sie. Er war zweifellos ein mitfühlender Mann. Half den Nachbarn, wenn der Zaun geflickt werden musste oder das Gras gemäht.

Gleichwohl hatte er sein butterweiches Herz in einer eisenharten Schale verschanzt. Anna vermutete, dass er sich diese im Krieg zugelegt hatte. Zulegen musste. Vom Krieg selbst erzählte Opa Boris nicht gerne. Nein, tatsächlich tat er es nie. Nicht vom Krieg. Anna fragte ihn nicht. Und ungefragt erzählte er nur von seiner Gefangenschaft. Vor allem bei den Franzosen stieß er auf Wärter, die in Anbetracht der Situation überraschend freundlich agierten und ihn versorgten mit Zigaretten – obwohl er nicht rauchte, doch das war die gängige Währung in der Haft. Oder er redete von seiner Flucht, der Vertreibung der Deutschstämmigen aus dem Nachkriegslettland, das ein Teil von Russland wurde.

Es grenzte an ein Wunder – und Boris Maslova dankte es dem Schicksal, wann immer er sich an diese Zeit erinnerte –, dass er damals seine Frau mit seinen zwei Töchtern überhaupt wiedergefunden hatte im zwischen den Siegermächten aufgeteilten Deutschland. Beinahe wären die drei für immer in der bald entstehenden DDR und hinter dem später fallenden Eisernen Vorhang verschwunden. Wenn er daran zurückdachte, zeigte sich so etwas wie Demut auf dem noch überaus glatten Gesicht dieses alten Mannes, der sonst vieles war, aber eines sicher nicht: demütig.

Irgendwie hatte er sie wiedergefunden, seine Rita, dem Roten Kreuz sei Dank. Rita war bei Boris' Bruder Anton untergekommen. Er hatte sie aus der Ostzone zu sich geholt. Dort trafen sie sich wieder und als Boris die eigene Frau in die Arme nahm, merkte er, dass sie ihm fremd geworden war. Und er ahnte, dass auch er selbst nicht mehr derselbe war. Die zwei Mädchen, die schutzsuchend an Ritas Rockzipfel hingen, wo sie sich auch in späteren Jahren noch oft würden hinretten müssen, waren seine Kinder. Er erkannte seine Gesichtszüge in den ihren – „Der Apfel fällt nicht weit vom Stamm", brummte er vor sich hin –, seinen stechenden Blick in den Augen der einen und seine fein geschnittene Nase in dem breiten Gesicht der anderen, das in der Form dem seinen glich wie eine Miniatur-Kopie. Doch sonst waren sie ihm fremd und er war ein Wildfremder für sie. Noch dazu wusste Boris Maslova nicht, was es bedeutete, Kinder großzuziehen.

Er hatte bis dahin ja keine gehabt. Nicht wirklich. Jetzt würde er diese neue Rolle füllen müssen. Das machte ihm fast mehr Angst als der Krieg es getan hatte.

Anna fragte sich später, sehr viel später, Jahre oder Jahrzehnte danach – Opa Boris war längst tot, sonst hätte sie ihn persönlich befragen können –, ob er wohl Menschen hatte umbringen müssen an der Ostfront? Bestimmt musste er das. Wie viele waren es gewesen? Junge Männer, wie er, nur in die falsche Uniform gehüllt, im falschen Land geboren? Wie muss das für ihn gewesen sein, in täglicher Ungewissheit und Todesangst zu leben, in Angst um das eigene Leben, das bloße Überleben im Sinn und in Angst davor, einem anderen jenes Wertvollste zu nehmen, nehmen zu müssen, aus Selbstschutz? Der oder ich – wie oft befand sich Opa wohl in solch einer fatalen Situation? Dazu ein Hunger, der an einem nagte, einen ungeduldig und schlecht gelaunt machte, innen hohl und außen mürbe. Über allem eine Kälte, die man sich ebenso wenig vom Leib halten konnte wie den Hunger und die Angst. Eine Kälte, der man kaum mit Kleidern beikommen konnte, geschweige denn mit einem alten, löchrigen Mantel.

Das alles stellte Anna sich vor. Die wirklichen Erlebnisse von Opa Boris waren für immer verloren, deshalb begab sie sich gedanklich auf seine Spur.

Dass ihr Opa etwas in sich trug, einen Dorn, das hatte sie durchaus bemerkt. Er konnte ein sehr zorniger, cholerischer Mann sein, voller Wut, den Anna – glückliche Anna – jedoch kaum zu sehen bekam. Ihre Tante Margarete erzählte ihr von seinen Anfällen, in denen er sie windelweich und schwarzblau schlagen konnte, wenn niemand es schaffte, ihn in seinem Wahn zu stoppen. Margarete selbst tat nichts dagegen, versteinerte nur. Sie war zu stolz. Ihre Schwester Barbara, Annas Mutter, entkam dem Wüterich; sie winselte um Gnade und, was soll man sagen, es funktionierte.

Anna aber kannte diesen bösen Mann nicht. Bei ihr war er der liebe Opa, der immer Zeit für sie hatte und mit ihr spazieren ging und ihr Geschichten erzählte von früher. Er erklärte ihr die Welt, so wie er sie sah.

Nur ein Mal, ein einziges Mal blitze der Jähzornige, Gefährliche auf, vor dem man sich in Acht nehmen musste, derjenige, der im Krieg gewesen war und dort

wer weiß was für Gräuel erlebt, erduldet und auch selbst ausgeführt hatte. Einmal lernte Anna diesen schwarzen Mann kennen. In einem unbeobachteten Moment konnte er aus Opa entweichen, der sich so über die damals noch junge Enkelin geärgert hatte, dass er ihn aus den Augen ließ.

Anna hatte mit ihrer Cousine Daniela den Türrahmen der Küche erklommen. Die Mädchen stemmten ihre Kinderbeinchen fest, wie eine Schraubzwinge, im Spagat, links und rechts gegen den Rahmen und rutschten so – mit Schuhen! – Stück für Stück höher, bis unter den Türsturz. Auf beiden Seiten rieselte müde die weiße Farbe hinab auf den Boden. Im Rahmen blieben offen gelegte Holzstellen zurück, die wie kleine Wunden im Lack aufblitzten.

Überraschend kam Opa von einem Spaziergang zurück und fing noch in der Wohnungstür an zu schreien, hatte auch schon einen Schuh ausgezogen, den er drohend über seinem Kopf schwang, während er sich ihnen so schnell er konnte näherte – hinkend mit einem Schuh und einem Socken. Daniela, die Schlaue, machte sich gleich auf und davon.

Kaum hatte sie Opa erspäht, rutschte sie hinab und schnellte behände wie ein Reh zwischen dem Alten und der Flurwand hindurch, mit einer Geschmeidigkeit, die man ihr so gar nicht zugetraut hätte. Ja, Daniela hatte Übung darin, wütenden Männern zu entkommen. Im Gegensatz zu Anna erkannte sie die Zeichen sofort. Und: Daniela kannte diese Seite an Opa schon. Wenn sie nicht schnell genug war, setzte es blaue Flecken. Also war sie schnell genug. Sie war viel besser trainiert als Anna.

„Wie der Herr, so's Gscherr", rief Opa Boris Daniela hinterher, in Anspielung auf seinen Schwiegersohn, den er für einen Taugenichts hielt. Anna hingegen stemmte sich weiterhin mit den Beinen in den Rahmen, während sie Daniela kreischend die Treppen ins Souterrain hinunterpoltern hörte und bei ihrer Mutter Zuflucht suchen.

Da sauste Opas Schuh auf sie hinab. Verfehlte nur knapp ihren Kopf und streifte ihren rechten Arm. Erst jetzt rutschte Anna vollends hinab und entkam so der kompletten Wucht des Angriffs. Der Schlappen hatte sie nur mit halber Kraft erwischt und ihr eine Schramme am Oberarm zugefügt. Anna weinte und starrte Opa Boris entsetzt an. Wer war dieser zornige Alte mit den rot unterlaufenen Augen vor ihr, der ihr so eine Heidenangst einjagte?

Derweil war Oma Rita vom Balkon hereingeeilt, hatte die Wäsche, die sie eben zum Trocknen aufhängen wollte, achtlos in den Korb fallen lassen. Sie war bereit, sich zwischen ihr geliebtes Enkelkind und deren Aggressor zu werfen.

Doch Opa Boris hatte den Arm mit dem Schlagschuh längst gesenkt und war gewissermaßen in sich zusammengesunken, als hätte jemand, sie, Anna, irgendwo ein Ventil gefunden und ihm die Luft abgelassen. Klein, schmal, geschrumpft stand er da, wie eine Marionette ohne Spieler, mit hängenden Gliedern, kraftlos und müde.

Er stammelte, als müsse er dazu alle restliche Kraft in sich zusammensuchen: „Das darfst du nicht. Da geht der Türlack kaputt."

Es musste ihr Blick gewesen sein – anders konnte sie es sich im Nachhinein nicht erklären –, der ihn entmachtet hatte; er sah in ihren Augen, dass sie ihn nicht wiedererkannte. Er selbst erkannte sich nicht, wollte sich so auch gar nicht kennen. Wollte nicht so sein; nie mehr wollte er so sein.

Auf dem Absatz des linken Schuhs, den er noch am Fuß trug, den rechten in der Hand, als wäre er aus Blei, machte er kehrt und schlurfte – klack, schlurf, klack – aus der Wohnung hinaus in den Garten. Dort vergrub er sich für die nächsten Stunden in seinem Handwerkerschuppen, hinter seiner Werkzeugbank, auf der es immer etwas zu tun gab.

Mit dem Schürzenzipfel wischte Oma Rita der Kleinen die Tränen ab, strich ihr übers blonde Haar, setzte sie an den Küchentisch, holte ein dickes Stück Hefezopf aus der Speisekammer hervor und bestrich es fast ebenso dick mit Butter – nicht Margarine, nein, mit richtiger Butter. Dazu eine Tasse Kakao. „Nu' iss erst mal", sagte sie und schob Annas Stuhl etwas näher an den Teller heran, bevor sie sich wieder den nassen Wäschestücken auf dem Balkon zuwendete.

Und Anna aß. Brav. Und langsam, denn sie hatte überhaupt keinen Hunger. Sie tunkte den Zopf in den Kakao ein und schaute den gelben Fettaugen bei ihrem Treiben über die braune Oberfläche zu. Dabei dachte sie an Opa. Sie hatte Angst vor ihm, das erste Mal.

Die Sonne war untergegangen, als Boris Maslova endlich seinen Schuppen verließ und zurück ins Haus kam. Als er seiner Enkelin die Schulter tätscheln wollte, zuckte sie unweigerlich zusammen. Er zog seine Hand zurück, als hätte er sich an ihrer Haut verbrannt. Hatte er da tatsächlich Tränen in den Augen oder reflektierte nur sein weißer Augapfel das Licht?

„Und wenn ma' so alt wird wie e Kuh, muss ma' immer noch lerne dazu", murmelte er vor sich hin. Opa Boris liebte Redensarten. Zu beinahe jeder Gelegenheit hatte er den passenden Spruch auf Lager. „A Sprichwort is a wahres Wort."

Bis Anna sich ihm gegenüber wieder normal verhalten konnte, wenn sie im gleichen Raum waren, dauerte es noch eine ganze Woche. Auf der Hut blieb sie ihr Leben lang, doch der brutale Wüterich tauchte nicht mehr auf. Zumindest nicht ihr gegenüber.

Wenn Annas Tante allerdings alte Geschichten erzählte, war der zornige Schläger allgegenwärtig. Seine Wut muss sich im Laufe der Jahre verflüchtigt oder doch so weit abgewetzt haben, dass sie für ihn beherrschbar wurde. Das Alter machte aus ihm schließlich einen liebevollen Mann oder doch zumindest einen liebevollen Opa. Seinem Enkeltöchterchen konnte er kaum einen Wunsch abschlagen.

Hatte er, jetzt da das Ende näher kam, etwa Angst vor der Hölle oder einer wie auch immer gearteten Abrechnung des Schicksals mit ihm? Gläubig war er nie gewesen. Er glaubte nur an seine Sprichwörter: „Kleider machen Leute", „Einem geschenkten Gaul schaut man nicht ins Maul", „Was man nicht im Kopf hat, muss man in den Beinen haben".

Seine Frau, Oma Rita, pflegte er am Ende überraschend aufopfernd. Nur widerwillig und zögernd hatte er sie überhaupt in ein Altenheim übergeben und besuchte sie täglich und zog schließlich selbst dort ein.

Wer hätte gedacht, dass der Choleriker von einst in der Pflege anderer seine Erfüllung finden würde? Doch so war es. Er machte sich unersetzlich. Er fütterte nicht nur seine Ehefrau, sondern plauderte mit den geistig rege Gebliebenen, schob die Tattrigen im Rollstuhl in den Essenssaal, schnitt den Fernsehsüchtigen ihre Brote klein und flanierte durch den Garten, ja, flirtete gar mit jenen alten Damen, deren frühere Schönheit sich noch in ihren runzligen Gesichtern abzeichnete. „Auf alten Schlitten lernt man das Fahren …", flüsterte er Anna verschmitzt zu.

Obwohl Boris Maslova zu jenen alten Männern zählte, die man rüstige Rentner nennt, starb er noch vor seiner Frau, die doch den eigentlichen Pflegefall darstellte.

Binnen weniger Wochen wurde aus dem Energiebündel ein geschwächter Alter, der aus dem Bett nicht mehr hochkam und den der Tod von Tag zu Tag fester mit seinen Klauen packte und auch nicht mehr loslassen würde. Er nahm ihn Stück für Stück mit hinüber, jeden Tag ein Quäntchen mehr von seiner Lebenskraft, von seinem Körper. „Der Krug geht so lange zum Brunnen, bis er bricht", nickte der Alte wissend. Sein Verstand blieb bis zum Schluss wach. So ging Boris Maslova sehenden Auges und mit hellem Geiste in den Tod.

Anna hatte ihm ein paar Tage zuvor Adieu gesagt, ja, alle hatten sich rechtzeitig verabschiedet. Er starb im Schlaf, in einer sternenklaren Nacht. Über allem leuchtete ein saftiger Vollmond. Was könnte man sich auf dem Sterbebett liegend mehr wünschen?

Schlimm erwischte es Annas Mutter Barbara. Das Abschiednehmen fiel ihr nicht nur schwer, es wollte ihr einfach nicht gelingen. Opa Boris war zwar ein dominanter Haudegen gewesen, doch das gab seiner Tochter den Halt, den sie benötigte. Deshalb sah sie es ihm nach, dass er ihre Schwester regelmäßig grün und blau schlug. Mit seinem Tod begann ihr Abstieg. Depression, Alkohol. Als habe sie die Pausentaste im Lied ihres Lebens gedrückt. Erst nach langen Jahren des Martyriums für sie, ihren zweiten Mann und für Anna verabschiedete sie sich endlich von ihrem übermächtigen Beschützer. Mit dem Loslassen des Vaters ging ihr Leben weiter.

Sibylle zieht hörbar Luft in die Backen ein und stößt sie unmittelbar wieder aus. Langsam entspannt sie ihre Muskeln, die sie während der Erzählung aktiviert hatte.

Erst jetzt bemerke ich, dass der Zug fährt!

„Wir fahren!", ruft in diesem Moment Sibylle, „wir fahren wirklich!", und reißt den Mund freudig auf, wie zu einem Freudenschrei, der aber nicht ertönt. „Mein

Daumendrücken hat gewirkt", *sagt sie und löst schließlich auch ihre Fäuste. Hatte sie die wirklich die ganze Zeit über gedrückt gehalten?*

Die Heizung brummt und klackert laut. Vor allem aber wärmt sie mir das linke Bein, das ich dort aufgestellt habe.

Sibylle lockert sich den Schal und nimmt die Bommelmütze ab, ich ziehe meine Handschuhe aus. Ein kleiner Jubel zieht wie eine fröhliche Fahne durch die Bahn. Die anderen Zugreisenden im Wagon rappeln sich hoch und schauen sich neugierig um. Die alte Frau von schräg gegenüber durchmisst im Stechschritt unseren Wagen. Alle wirken voll neuer Tatkraft, von frischer Energie erfüllt, von Freude und Erleichterung.

„Das hätte ich nicht gedacht", gesteht Sibylle, „weißt du, ich glaube, ich habe meinen Talisman bei meiner Tante vergessen und habe deshalb mit dem Schlimmsten gerechnet, so kurz vor Weihnachten …"

„Das glaubst du nicht wirklich, oder?", frage ich ungläubig.

Sie antwortet nicht, dreht den Kopf beleidigt weg.

Im warmen fahrenden Zug sehen die schneebedeckten Landschaften, durch die wir ziehen, gar nicht bedrohlich, sondern herrlich schön und kristallklar aus.

Wortlos steht Sibylle auf und geht. Auf Toilette, vermute ich erst. Dann fällt mir ein, dass diese verstopft ist.

Der Schaffner lässt sich nicht mehr blicken, wohl aber ein junger Mann aus dem Nachbarabteil. „Wir werden abgeschleppt", berichtet er, „und müssten in spätestens zwei Stunden ankommen."

Ich nicke und lächle ihn dankbar an. Dann trinke ich meinen letzten Schluck Wasser. War wie ausgetrocknet, trotz der Kälte. Nicht mehr lange und wir werden in den Hauptbahnhof rollen.

Das hat sich wohl auch Sibylle gedacht, denn sie kommt zurückgeeilt – woher auch immer – und ruft mir von der Schiebetür aus entgegen: „Geht es noch weiter mit deiner Totenprozession?" Mit fragenden Blicken setzt sie sich jetzt mir gegenüber auf die Bank. Sie sagt nichts, sie wartet. Ich nicke.

„Dann mal los!"

1987

ARME RITTER UND SPECK-PIROGGEN
ODER: MAN STIRBT NUR ZWEIMAL

Wie gut, dass Anna eine gewisse Routine im Abschiednehmen entwickeln konnte. Denn der nächste Todesfall traf sie tief ins Mark: Es war ihre Oma Rita, die starb. Und Anna fand es wenig tröstlich, dass Rita Maslova uralt war und dement.

Rita hatte sich – als kreative Selbsttherapie gegen ihr stetig wiederkehrendes Heimweh – die ganze einstige Nachbarschaft aus dem Heimatdorf ins Pflegeheim geholt. Das war wunderbar einfach: Jede fremde Person aus dem Heim bekam den Namen eines alten Bekannten zugeteilt, entsprechend der höchst möglichen äußerlichen Ähnlichkeit. Anna spielte mit. Es war zu schön, die Oma heiter und glücklich zu sehen.

Manchmal aber, wenn Oma Ritas Erinnerung aufblitzte, verfinsterte sich ihr Gesicht. Traurig beklagte sie dann den Verlust ihrer Heimat, der Stadt Riga, von der sie nach dem Krieg überstürzt hatte Abschied nehmen müssen und mit der sie auch dieses wohlige Gefühl von Geborgenheit, Zugehörigkeit, Angekommensein für immer hinter sich ließ.

Selbst in dem kleinen Dorf, in dem sie sich mit Opa Boris ein Haus gebaut hatte, mit ihrer kleinen Familie sesshaft wurde, blieb sie eine Suchende, die verdammt war, sich fremd zu fühlen, fern der Heimat, argwöhnisch beäugt von den einheimischen, oft derben Bauersleuten. Um nicht aufzufallen, machte Oma Rita sich klein und leise. „Kusch kusch!", waren die Worte, die sie am häufigsten an Kinder und Enkelkinder richtete. Nicht auffallen, immer schön leise.

„Ich will heim", sagte sie traurig, wenn die Erinnerung sie heimsuchte.

„Warte noch kurz", erwiderte Anna, „ich komme gleich mit."

Kurz darauf hatte Oma Rita ihren sehnsüchtigen Wunsch aus den Augen verloren und damit begannen die fröhlichen Stunden des Vergessens, in denen ihr das Heimweh nicht in den Sinn kam und sie einfach Teil des großen Ganzen war.

„Wenn der weiße Flieder wieder blüht,

sing ich dir mein schönstes Liebeslied", sang sie ausgelassen.

Dann nahm sie Anna in die Arme und schleuderte sie im Kreis umher.

„Immer, immer wieder,

knie ich vor dir nieder,

bringe dir den Duft

von weißem Flieder."

Anna lachte und sang mit ihr das Lied vom weißen Flieder, das sie eigentlich gar nicht kannte.

„Wenn der weiße Flieder wieder blüht,

küss' ich deine roten Lippen müd'.

Wie im Land der Märchen,

werden wir ein Pärchen …"

Wenn Anna es nicht schon längst gewusst hatte, dann begriff sie es jetzt: Oma Rita war eine heillose Romantikerin. Und diesen alten Schlager liebte sie abgöttisch. Ob sie dazu mit Opa Boris, dem bildhübschen Matrosen, ihren ersten Tanz gewagt hatte oder ob sie sich an den schnulzigen Heimatfilm der Nachkriegszeit erinnerte, das wusste Anna nicht.

Aber Rita liebte nun mal dieses Lied und sie liebte es, dazu zu tanzen und so tat Anna ihr den Gefallen, egal ob sie gerade vor der Essensausgabe oder im Flur des Altenheims standen oder in einem öffentlichen Park spazieren gingen. Anna schloss die Augen und hoffte, dass keiner sie erkannte oder wenn doch, es wenigstens charmant finden würde, wie sie mit ihrer alten Oma tanzte.

So sangen sie und tanzten, Arm in Arm wie zwei Verliebte. Wie das Paar in ihrem Lied. Das waren sie. Zwei Liebende. „Meine Tochter, meine dritte Tochter", so stellte Rita Maslova ihre Enkelin allen vor.

Anna war sozusagen Omas zweites Nesthäkchen, durfte bei ihr im Bett schlafen, bekam die feinsten Leckereien. Sie durfte einfach alles.

Wenngleich die Großmutter vielleicht auch den ein oder anderen egoistischen Hintergedanken dabei hatte. War zum Beispiel die eine Hälfte des Ehebetts von der Enkeltochter okkupiert, blieb dem schnarchenden und manchmal zudringlichen Gatten nur die Schlafcouch in der Küche.

Wie man sich die Männer vom Leib hielt, das hatte Rita Maslova früh gelernt. Rita war auf der Flucht, seit ihre Mutter sich nach dem Tod des Vaters einen neuen Mann nahm. „Mein Stiefvater hatte mich lieb, sehr lieb, lieber noch als seine eigene Tochter", pflegte Oma Rita zu sagen.

Als mit der zunehmenden Demenz auch alle einstigen Hemmungen und bestehenden Tabus bröckelten, offenbarte sich Anna der wahre Kern dieses Satzes: Der Stiefvater war hinter der Stieftochter her gewesen. Er stellte ihr nach, lauerte ihr in der Waschküche auf, versuchte sie zu verführen, er hat sie bedrängt, bedroht und versuchte schließlich sie zu vergewaltigen. Rita wich ihm aus, entwand sich seinem Griff, rannte schneller, versteckte sich, trat ihm gegen das Schienbein. Sie entkam.

Nur einmal hatte er sie so in die Enge getrieben, dass sie sich ihm nur mit größter Not und in allerletzter Sekunde entwinden konnte. Oder so erzählte sie es zumindest. Anna wollte ihr das nur zu gerne glauben.

Was Rita blieb, war die Angst vor körperlicher Nähe. Eine Beklommenheit, die in ihr aufstieg, wenn sie sich in die Enge gedrängt fühlte, wenn starke Männerarme sich wie ein Schraubstock um sie legten. Das schnürte ihr den Hals zu, sodass sie glaubte, kaum mehr atmen zu können.

Wenn Opa Boris, einmal mehr von seiner Rita in die Schranken gewiesen, sich später galant und witzig und zuvorkommend anderen Frauen in einer Unterhaltung zuwendete, konnte jedoch Ritas Eifersucht eine tosende sein. Ihre glühenden Augen blitzten in Richtung ihres Mannes, worauf dieser seine Flirterei sofort unterließ und von dannen zog.

Sich dem Stiefvater für immer entwinden, das war Motivation genug für eine Ehe in jungen Jahren. Und dann kam auch noch dieser umwerfend gut aussehende

Seemann daher mit der fein geschnittenen Nase und den intensiven, eisblauen Augen unter domestizierten Büschen von Augenbrauen. Er wusste, was er wollte und sobald sein Blick auf Rita traf, wollte er sie, diese weiche, fließende Schönheit, zart und filigran und beschützenswert. Ab diesem Zeitpunkt war Opa Boris ihr verfallen, der schönen Rita mit den sanften Rehaugen.

Der Mensch, der dann Jahre später aus dem Krieg zurückkam, war nicht mehr der ungebrochen lebensfrohe Mann, der einst im feschen Matrosenanzug mit optimistischem Mut ausgezogen war. Sicher, die feinen und dennoch männlichen Gesichtszüge waren die gleichen, hatten sich jedoch merklich verschärft. Seine Augen schienen unverändert, doch bisweilen verhärteten sie sich und mit ihnen der ganze Mann, alle Muskeln und Sehnen.

Er hatte überlebt. Sie hatte überlebt, mit ihr die Kinder. Das war mehr, als man zu hoffen gewagt hatte. Rita, die so zerbrechlich wirkende Frau, hatte die Zwei ohne größere Schäden durch den Krieg und die Zeit der Flucht gebracht und dabei eine ungeahnte Zähigkeit entwickelt, die ihr niemand, am allerwenigsten sie sich selbst, zugetraut hätte.

Eben diese Zähigkeit war der Leim, der die kleine Familie zusammenhielt. Ihre Liebe, die sie Anna gegenüber in Küssen und langen Umarmungen zeigen konnte, war ihr ihren eigenen Töchtern gegenüber nicht so leicht vermittelbar. Da Liebe aber, so sagt man, durch den Magen geht, versuchte Rita ihren Lieben die leckersten Köstlichkeiten zuzubereiten, auch wenn die ihr zur Verfügung stehenden Zutaten manchmal kläglich waren.

Rita konnte aus fast allem etwas Schmackhaftes zaubern. Borschtsuppe aus fein geraspelter Roter Beete in saurer Sahne; Piroggen mit oder ohne Fleisch, mit Pilzen oder Steckrüben oder Reis, wenn sonst gar nichts im Haus war; Gurkensalat mit Dill und Buttermilch zu Flickerklops oder falschem Hasen an Sonn- und Feiertagen; Nudelsuppe mit Milch an kargen Tagen und an Freitagen Armer Ritter, Kartoffelpuffer oder Hefeklöße mit Apfelkompott.

Wenn Anna sich an sie erinnerte, sah sie die Oma am Herd in der Küche stehen, ein Geschirrtuch über die Schulter und die Stirn in Falten gelegt, laut überlegend,

was sie am nächsten Tag würde auftischen können. Der Holzofen war das Zentrum der Familie, des ganzen Lebens – der Ort von Oma Rita, dort kochte, buk und lebte sie, ganz und gar durch und für ihre Familie. Seltsam, dass sie diesen Ort später in ihrer Zeit im Pflegeheim nie vermisste.

Aber schließlich war Rita eine versierte Abschiednehmerin. Abschiede hatte sie im Leben viele nehmen müssen – vom Vater, von der Mutter, von der Heimat, vorübergehend vom Gatten, von ihrer Vorstellung einer romantischen Liebe.

An die Substanz ging ihr jedoch der zunehmende Verlust ihres Gehörs. Schlecht hörte sie schon, seit sie in Kinderjahren an Scharlach erkrankt war. Vier Wochen lang bekämpfte ihr Körper die Infektion – und gewann. Doch ließ die Erkrankung ein lebenslanges Zeichen zurück, im rechten Ohr.

Je älter Rita Maslova wurde, desto schlechter wurde ihre Hörfähigkeit. Anfangs leugnete sie ihre Behinderung noch, deutete vieles aus der Körpersprache der Redenden. Ihre Töchter vermuteten, dass sie sogar Lippenlesen konnte.

Als aber alle nur noch schreiend um den Küchentisch saßen, war ein Leugnen nicht mehr möglich. Oma Rita war schwerhörig.

Sie selbst weigerte sich weiterhin, ihr Handicap als gegeben anzuerkennen.

„Moderner Schnickschnack, alles nur Geldmacherei", wies sie laut schreiend den Gebrauch eines Hörgeräts von sich.

„Das brauche ich nicht", tönte sie und machte eine wegwerfende Handbewegung.

Ja, sicher, sie selbst hörte das Geschrei ja nicht. Allen anderen ging es indes zunehmend auf die Nerven. Sie mussten immer lauter reden. Eine weitere Steigerung gaben irgendwann auch Opas Bass-Stimmbänder nicht mehr her.

Als die Lautstärke jenen Zenit des Erträglichen überschritten hatte, zwang Opa Boris ihr ein fleischfarbenes Plastikkästchen auf, aus dem ein anfangs noch durchsichtiger Schlauch in eine Nachbildung der inneren Ohrmuschel führte. Sie musste es tragen. Und nun trug sie es. Und sie ertrug es. So würdevoll es ging. Ein Aufatmen ging durch die Familie, das nun sogar Oma Rita hätte hören können.

„Was schreist du so?", wies sie Anna zurecht, die sich noch nicht auf die neue akustische Leistungsfähigkeit der Großmutter eingestellt hatte. Freilich mussten sich überhaupt alle Familienmitglieder wieder an eine moderate Sprechweise gewöhnen.

Nur wenn die Batterien dem Ende zugingen – das erkannte man am häufigen Pfeifton, der aus der klobigen Ohrprothese entwich –, musste der Schallpegel nach oben gefahren werden.

„So klein und doch so teuer", schüttelte die Oma den Kopf, in den einfach nicht hinein wollte, warum man viel Geld für so eine winzige Minibatterie bezahlen musste. Um Geld zu sparen, wechselte Oma Rita diese nur, wenn sich die geschrienen Beschwerden der Familienmitglieder bei ihr häuften und sie diese trotz der Schwerhörigkeit nicht mehr weiter ignorieren konnte.

Manchmal meinte Anna, sie in sich hineinkichern zu sehen, nach einem lang anhaltenden Pfiff aus ihrem Ohr, der alle Anwesenden sich mit schmerzverzerrten Mienen zusammenkrümmen ließ. Selten waren solche Gelegenheiten, wo Rita Maslova ihren schelmischen Humor walten ließ. Aber es gab sie. Häufiger wurden sie nach ihrem überraschenden Schlaganfall, als sie ebenso überraschend wieder aus dem Koma erwachte.

Nicht nur Anna, alle vom Maslova-Clan, hatten das Allerschlimmste vorausgeahnt und sie tot gesehen und ihr – meist heimlich und leise, um die anderen nicht zu beunruhigen – Adieu gesagt.

Mehrere Monate lag Oma Rita, die bis dahin über siebzig Jahre lang ganz und gar unbehelligt mit einem Aneurysma im Gehirn lebte, reglos im Koma.

Anna stand oft mit verheulten Augen neben ihrem Bett oder saß auf einem Stuhl und hielt Omas dünne, ausgezehrte Hand und erzählte Belanglosigkeiten aus ihrem Leben. Dass das Abitur bevorstünde und sie nervös war deswegen. Dass sie gerade sehr viel lerne für das Abitur. Dass sich das Lernen gelohnt und sie ein gutes Abitur gemacht habe. Dass sie überlege, ob sie nicht doch erst mal Technische Zeichnerin lernen solle, statt zu studieren.

So verging Tag um Tag, Woche um Woche, ein Monat reihte sich an den nächsten. Und als keiner mehr damit rechnete und Anna sich beim Eintreten ins Krankenzimmer noch überlegte, was sie der Großmutter heute berichten würde, saß diese mit offenen Augen in ihrem Bett und lächelte sie an, als wäre nichts gewesen. Als hätte der Tod nicht vor Kurzem noch seine Knochenhand nach ihr ausgestreckt und sie damit fest am Schlafittchen gepackt.

Anna hatte wohl nie ein schöneres Schockerlebnis erfahren. Es war ein Wunder, da war sich die ganze Familie einig. Alle waren gekommen und klatschten vor Freude jauchzend in die Hände.

„Mama!", riefen ihre Töchter und drückten sie abwechselnd an ihre Brust.

„Meine Rita", sagte Opa Boris stolz und zärtlich, „ist halt zäh."

Wortlos umarmte Oma Rita auch Anna.

Erst als der Oberarzt sie darauf hinwies, fiel ihnen auf, dass Rita bislang kein Wort gesprochen hatte.

Sprechen konnte sie nicht und laufen konnte sie auch nicht. Ein Pflegefall war sie geworden. Die strahlenden Gesichter waren wie eingefroren. Maskenhaft starrten die Töchter auf den Vater. Der schüttelte den Kopf, als wolle er es einfach nicht glauben.

Diese zweite Überraschung des Tages hielt in ihrer Schockwirkung eine Weile an und löste sich in dem Gedanken auf, Rita in ein Pflegeheim einzuweisen. Ihre zwei Töchter hatten ein schlechtes Gewissen und Boris Maslova natürlich auch. Doch kannte er sich so gut, um zu wissen, dass er sich nicht allein um seine Frau kümmern konnte.

Entgegen aller Befürchtungen fühlte sich Rita nicht nur wohl im Altenheim, sie blühte dort richtig auf, als wäre sie aus dem Schatten ihres breiten Mannes herausgetreten und würde nun das notwendige Sonnenlicht erheischen. Nach einem Jahr sprach sie wieder und arbeitete sich mit einem Gehwagen die Flure rauf und runter. Nun war sie wieder da, wenn auch nicht ganz bei Sinnen.

Anna störte das nicht. Im Gegenteil: Die Oma war viel lustiger und wirkte befreit. Nun konnte sich der Schalk leichter gegen die zurückgedrängte, ja manchmal schlicht vergessene Vernunft durchsetzen und seinen Weg ins Freie bahnen. Oma Rita konnte richtig witzig sein und genoss es sichtlich, Anna eine um die andere Geschichte zu erzählen.

„Heute Morgen war ich beim Arzt gewesen", verkündete die Alte.

„Wirklich?", fragte Anna, einigermaßen überrascht.

„Nein", sagte Rita Maslova nach kurzem Zögern schmunzelnd. „Aber was soll ich dir sonst erzählen? Hier passiert doch nichts!", schob sie empört hinterher.

Lief bei einem ihrer gemeinsamen Ausflüge im Stadtpark eine korpulente Frau vor ihnen, ließ Anna sich mit der Großmutter und dem Rollstuhl, den sie für längere Touren benötigte, zurückfallen. Sie wusste, was unweigerlich passieren würde.

„Hat die einen fetten Arsch!", rief ihre Oma Rita über kurz oder lang laut aus. So laut, dass Anna die Verurteilte von hinten zusammenzucken sah.

Aber was sollte sie tun? Die Großmutter war nicht zu bremsen, sie kannte weder Takt noch Anstand, Sensibilität war ihr ein Fremdwort geworden. Nach ihrem Hirnschlag kannte sie nur noch eines: direkte, grausame Ehrlichkeit.

Beim Abendessen konnte Anna die Oma nicht einfach wegschieben, da mussten die anderen Alten Ritas Kommentare aushalten. Gerecht ging es insofern zu, als auch die Großmutter dort ihr Fett abbekam.

„Zur Seite, alte Schachtel!", wurde sie von Frau Schmidt aus Zimmer Vier angeraunzt und vom Fensterplatz weggedrängt. Schließlich war das der Stammplatz von Frau Schmidt.

„Blöde Kratzbürste", knurrte Oma, wich aber.

„Sie haben heute Geburtstag, Frau Schmidt", flötete eine herbeieilende Jungschwester.

„Halt's Maul, die doofe Kuh!", bellte Frau Schmidt zurück.

„Wir singen Ihnen ein Ständchen", insistierte die Pflegerin mit Engelsmiene.

„Das ist mir doch egal, du Arsch", schrie Frau Schmidt sie an und spuckte in ihre Richtung.

Ohne erkennbare Reaktion drehte sich die junge Frau, gerade rechtzeitig, um der Speichelattacke zu entgehen, auf dem Absatz um und teilte weiter bereits belegte und geschmierte, beige und graue Wurst- und Käsebrote aus, ein „Happy Birthday" summend. Aus der hinteren Ecke hörte man einen Alten laut tönen, ohne dass sich daraus Worte formen wollten.

„Die Schmidt ist immer so", erklärte Oma, „wenn sie nicht ihre Tabletten nimmt." Im nächsten Moment gab sie ihrem Tischnachbarn zur Rechten einen Klaps auf seine Hand, die dieser nach ihrer Schmelzkäse-Schnitte ausstreckte.

„Na, na, na, nur nicht frech werden, Herr Huber", tadelte sie ihn. Und flüsterte Anna konspirativ hinter vorgehaltener Hand zu: „Der hat ständig Hunger! Überall stibitzt er sich sein Essen zusammen, da muss man aufpassen, wie ein Luchs. Wie ein Luchs!" Dann senkte sie die Hand, schenkte Herrn Huber ein süßes Lächeln und biss in ihre erfolgreich verteidigte Brotschnitte.

Anna musste lachen, wenn Oma Rita sie unwirsch fragte: „Wann gehen wir denn endlich in den Park?", nachdem sie gerade aus dem Park zurückgekehrt waren und sie die Oma mühevoll aus Mantel und Schuhen geschält hatte.

„Morgen, okay?", antwortete sie. Die Oma nickte strahlend.

Manchmal kam Anna morgens, direkt nach dem Frühstück der Heiminsassen. Oma Rita begrüßte sie: „Sollen wir frische Brötchen kaufen fürs Frühstück?"

„Eine sehr gute Idee!", lobte Anna die Oma, die ja binnen weniger Minuten – darauf war glücklicherweise Verlass – den geplanten Kauf der Backwaren vergessen hatte.

Weniger amüsant fand Anna jedoch, dass ihre Großmutter nun überall Verbrechen vermutete.

„Die hat der Frau Wagner ihren ganzen Schmuck gestohlen", tuschelte sie und deutete mit dem Finger auf eine Rotgefärbte, die mit ihrem Gehwagen gerade das Fernsehzimmer ansteuerte. „Alles weg. Sogar vor dem Ehering hat sie nicht Halt gemacht. Das muss man sich mal vorstellen", erboste sie sich.

„Du, ich hab gehört, dass sie das gleich danach wieder zurückgegeben hat und sich auch entschuldigt", beschwichtigte Anna sie.

„Ach …" Nun wirkte Oma Rita enttäuscht. Gerade schien mit dem Verbrechen ein wenig Glamour in ihre farblose Anstaltswelt einzuziehen.

Sprach Opa Boris mit einer anderen Frau, war Rita sich sicher, dass er mit ihr eine „Liebelei", wie sie das nannte, laufen hatte. Dann durchbohrte sie die andere mit bösen Blicken, ignorierte sie den Rest des Tages komplett – das vergaß sie bemerkenswerter Weise nie – und redete kein Wort mehr.

Opa Boris hingegen kannte die Eifersucht seiner Frau und sprach in ihrer Anwesenheit nur noch mit Männern. Die Frauen traf er heimlich, was allerdings Omas

Eifersucht noch mehr schürte, wenn sie davon erfuhr. Und es war erstaunlich, wie oft sie davon erfuhr. Bedachte man ihre Demenz und die Schwerhörigkeit, grenzte es an ein Wunder. Es war kaum vorstellbar, wie sie dennoch ihre Augen und Ohren überall haben konnte.

Und wenn Anna sah, wie Opa sich den Damen quasi zu Füßen warf mit einem geschmetterten „Einen wunderschönen guten Tag, gnädige Frau!" und der Umgarnten einen Handkuss aufdrückte, um dann devot und begehrend von unten hinaufblickte, da musste sie der Oma innerlich recht geben. Das sah nicht nach einem belanglosen Geplauder unter Senioren aus.

Als Oma Rita die vielen blauen Flecken an ihren Armen damit erklärte, dass ihre Zimmergenossin sie täglich schlug, dachte Anna nur: „Wieder so eine Geschichte gegen den tristen Alltag." Doch als Omas Wundmale verschwanden, nachdem die Mitbewohnerin nur noch reg- und sprachlos in ihrem Bett lag, wurde Anna stutzig.

„Der geben sie was", erklärte ihr die Großmutter, „damit sie mich nicht mehr schlägt."

An eines aber konnte sich Anna nicht gewöhnen: an den unverkennbaren Geruch, den es so wohl nur hier gab, diese Mischung aus Körperflüssigkeiten, teils abgestanden und alt, scharfem Reinigungsmittel, das aber gegen den Geruch der Ausscheidungen nicht ankam, sondern sich nur darüberlegte, im Versuch diesen zu kaschieren. Dazwischen Schwaden von gekochtem Kantinenessen und billiger Kernseife, mit der hier wohl all jene sauber geschrubbt wurden, die von ihren Verwandten keine milderen Reinigungsvarianten geschenkt bekamen.

Und das Alter selbst, das roch auch. Nur wie, das konnte Anna selbst nach ihren unzähligen Besuchen nicht genau festmachen. Vielmehr versuchte sie nichts zu riechen und hatte sich zu diesem Zweck eine Technik des Atmens durch den Mund zugelegt, mit der sie zumindest das aktive Riechen in weiten Teilen verhindern konnte.

Diese Methode half Anna auch, wenn sie der Oma beim Waschen und Anziehen half, denn das Bad war nicht immer in einem optimalen Sauberkeitszustand und die Großmutter leider auch nicht. Wenn die Enkelin ihr das Gebiss aus dem Mund nahm, um es mit der Bürste zu schrubben, kicherte Oma Rita genauso verlegen wie beim Waschen oder beim Toilettenbesuch. Anna kam ins Schwitzen, denn die knochige Frau war schwerer als sie aussah.

Oma Rita war eine schüchterne Frau gewesen und obwohl die Demenz ihr Zeitweise alle Schüchternheit nahm, stieg sie hier und da auf. In anderen Phasen kam diese ihr hingegen völlig abhanden.

„Am liebsten mag ich es, wenn mich Thomas wäscht", schwärmte Oma Rita dann hemmungslos. Das war der hübsche junge Zivi, der hier neuerdings Dienst schob und errötete, wenn man ihn ansprach.

„Also, Omi!", tadelte Anna sie im Spaß.

Für unterwegs hatte die Enkeltochter eine kleine Nagelschere eingesteckt und wenn sie zusammen, unbeobachtet in einer abseitigen Ecke des Gartens saßen, schnitt und säuberte sie Oma Ritas Fingernägel, unter denen sich Gott weiß was alles innerhalb von einer Woche ansammelte.

Dieses kleine Ritual funktionierte wie ein Schlüssel, mit dem Anna die Tür zu den Erinnerungen der Großmutter aufschließen konnte. Kaum hatte sie die Schere gezückt, legte die Oma los. Mal erzählte sie von der Flucht und wie schwer es gewesen war, Essen für sich und die Kinder zusammenzukratzen. Mal schwelgte sie in den Zeiten, als sie sich mit Opa zum Tanzen traf. Selten erzählte sie von ihrem Stiefvater, den mied sie in der Erzählung wie im richtigen Leben. Wenn Oma Rita traurig war, sang sie:

„So nimm denn meine Hände
Und führe mich
Bis an mein selig Ende
Und ewiglich!"

Schon bei den ersten Worten liefen ihr die Tränen über die eingefallenen Wangen. An manchen Tagen weinte Anna einfach mit und hielt die Oma im Arm. An anderen versuchte sie sie aufzuheitern. Das ging ganz einfach. Sie musste nur das Lied „Wenn der weiße Flieder wieder blüht" summen, schon versiegten die

Tränen und die Oma lächelte, stimmte mit ein und wollte eine Runde tanzen. Anna ließ sie gewähren und schob Oma Rita im Rollstuhl im selbst gesungenen Takt um den kleinen Teich.

Anna genoss diese Zeit mit Oma. So exklusiv hatte sie ihre Oma vor dem Schlaganfall nicht für sich gehabt. Sie musste ja immer putzen, kochen, backen. Das war nun alles in weiter Ferne. Jetzt lebte Oma Rita nur noch durch die Erinnerung und Anna half ihr, diese wieder hervorzuholen aus den Tiefen des Rückenmarks.

Abschied nehmen von Oma Rita, das hieß für Anna erwachsen werden und zwar endgültig. Nicht weil Anna just in diesem Jahr achtzehn geworden war, also volljährig, und ein Studium beginnen würde. Nein, weil sie für immer aus dem schützenden Hafen verbannt war. Weil es bedeutete, nicht zu wissen, ob sie jemals wieder eine so absolute und bedingungslose Liebe würde erfahren dürfen. Diesen einen Menschen verabschieden, der nur das Allerbeste in einem sah; der rein gar nichts von einem erwartete, dafür aber bereit war, alles für einen zu geben.

Und so war es Oma Ritas Tod, der zu Annas Emanzipation führte. Die Abnabelung war total und machte sie zu einer Erwachsenen.

Mit dem Abitur in der Tasche machte sich Anna auf. Da sie nicht wusste, was sie studieren sollte – sie konnte vieles gut, aber nichts hervorragend –, bewarb sie sich für diverse Studiengänge in verschiedenen Städten Deutschlands und landete so in Freiburg als Lehramtskandidatin für Deutsch und Englisch.

Wie sie es von ihrer Oma gelernt hatte, biss sie sich durch. Das Studium war okay, es passte ganz gut zu ihr. Aber sie hätte es so oder so bis zum Ende durchgezogen. Durchhalten, Zähne zusammenbeißen, weitermachen, wie die Oma es getan hatte. Mit dieser Philosophie war Rita Maslova schließlich sogar dem Tod von der Schippe gesprungen. Zumindest einmal. Ein zweites Mal klappte das nicht. Da war Oma Rita sechsundachtzig Jahre alt.

Ihr „zweiter", wirklicher Tod war weniger spektakulär als der erste. Sie war nicht ernsthaft krank. Sie war wie immer. Sie ist nur eines Morgens nicht mehr aufgewacht.

Wir waren längst im Bahnhof angekommen. Noch während wir unser Zeug im Zug zusammensuchten und unsere Taschen Richtung Ausgang schleppten, hatte ich weitererzählt. Einvernehmlich und ohne Worte darüber zu verlieren, hatten Sibylle und ich uns an einen Tisch im Bahnhofscafé gesetzt und kurzerhand Kaffee und Wasser bestellt.

„Das ist sie also, die Geschichte meiner Toten", erkläre ich.

Jetzt nehme ich einen großen Schluck Milchkaffee. Während meiner Erzählung ist er kalt geworden.

Ich habe es nicht eilig; mein Flug war längst ohne mich abgeflogen. Aber ich sehe Sibylle an, dass es ihr jetzt, da ihre Neugier gestillt ist, unter den Nägeln brennt, zu ihren Tieren nach Hause zu kommen. Wir umarmen uns – ich bin sonst nicht so für Körperlichkeiten und ich weiß, dass Sibylle da wie ich gestrickt ist, aber irgendwie hat uns die ganze Geschichte einander nahegebracht. Es ist okay. Es ist mehr als das. Ich stecke ihr meine Visitenkarte zu, sie kritzelt mir ihre Adresse auf eine Serviette.

„Mach es gut", sagt sie und schleift auch schon ihren Rollkoffer Richtung Bushaltestelle. Ihre übergroße Handtasche zieht ihr die rechte Schulter schräg nach unten und gleitet immer wieder auf den Arm hinab.

„Ciao!", rufe ich ihr hinterher, bevor ich das Gleis suche, von dem der Zug zum Flughafen abfährt, wo ich mir wohl einen neuen Flug buchen werde.

2009

PERLENTIERE UND GESTANK
ODER: DEN TOD IM NACKEN

Überraschenderweise ist mein Flug nicht weg – er konnte wegen der Kälte nicht starten, das Flugzeug und die Startbahn waren vereist und der Flug wurde nicht nur um ein paar Stunden, sondern gleich um einen ganzen weiteren Tag verschoben.

„Scheiß Billigflieger", murmle ich dankbar und stecke das neue Ticket ein.

„Das hat mit der Art der Fluggesellschaft gar nichts zu tun", klärt mich die Dame am Schalter auf, streng über ihren Hornbrillenrand blickend, „die etablierten Gesellschaften haben auch keine frühere Starterlaubnis erhalten."

„Und wer von uns beiden ist nun hier die Lehrerin?", frage ich, eher mich als sie.

„Wie meinen?" Die Stewardess – pardon, das „Bodenpersonal" – schaut mich verständnislos an, ich aber habe keine Lust auf eine Erläuterung und gehe weiter.

Was mache ich jetzt? Ich kenne hier niemanden. Außer Sibylle. Also beschließe ich, kurz bei ihr und den Viechern vorbeizuschauen.

Draußen scheint die Sonne. Es ist eisig kalt, klirrend. Quer über den klaren Himmel schrauben sich langgezogene weiße Wolken. Sie erinnern an eine gedrehte Doppelhelix. Oder an abgenagte Skelettknochen eines Sauriers.

Ich leiste mir ein Taxi. Der Fahrer erzählt mir irgendwelche Geschichten, wen er schon mal wohin gefahren hat, aber ich höre nicht zu, nicke nur ab und an und platziere ein „Aha?" oder „Hmm." Das scheine ich gut zu machen, denn er hört den ganzen Weg über nicht auf zu plappern. Prompt verfährt er sich.

„Das ist 'ne Einbahnstraße, da kann ich nicht reinfahren. Wissen Sie was? Ich lasse Sie hier raus. Wir sind ja quasi da. Sie müssen nur um die Ecke gehen", und er deutet mit dem Finger auf das entsprechende Haus.

Mürrisch, aber was soll ich machen, schleppe ich meine Taschen um den Block herum. Vor einem alten Backsteinhaus, halte ich an. Das ist es. Ich klingle unten bei „Heim". Nichts rührt sich. Ich drücke noch ein paar Mal auf den Knopf.

Als ein Mann im Anzug eilig aus dem Haus schreitet, schiebe ich mich durch die Türe. Aus einem der Briefkästen quellen Briefe und Prospekte wie ein Wasserfall und ergießen sich in einen Papierteich auf dem Boden darunter. „Heim" steht auf dem Kasten.

Mein Herz krampft sich zusammen. Es riecht nach Essigreiniger und nach Eintopf mit Speck und Graupen. Mein Magen knurrt. Mir läuft das Wasser im Mund zusammen. Ich habe Hunger.

Je höher ich im Treppenhaus steige, desto mehr Gerüche überlagern sich, wie Schichten aus Transparentpapier. Aus einer Wohnung hört man ein Saxofon. Oder eine Klarinette? Der Musiker übt Tonleitern, bricht nach wenigen Tönen ab, setzt erneut an, nur um direkt wieder aufzuhören. Dann stehe ich vor Sibylles Haustür. Ich weiß es, weil es hier riecht – nein, hier stinkt es! Wie in einer Tierhandlung, in der nur selten sauber gemacht wird.

Versuche nur noch durch den Mund zu atmen. Klingle erneut, höre auch die Glocke in ihrer Wohnung, sie funktioniert also, das ist gut. Ich klopfe, rufe „Sibylle! Sibylle, bist du da?", obwohl ich längst weiß, dass sie nicht da ist. Müsste sie aber.

Die Haustür gegenüber öffnet sich, erst mal nur einen Spaltbreit. Zwei Augen prüfen mich. Bestanden, die Tür geht ganz auf und die Nachbarin von gegenüber tritt auf die Schwelle.

„Da kommen sie zu früh", ruft sie mir herüber. „Die ist im Urlaub. Wollte aber heute zurückkommen."

„Ich weiß. War sie noch nicht zu Hause?", frage ich hoffnungsvoll.

„Nein, die Frau Heim ist weggefahren, zwei Wochen lang", erklärt mir die Nachbarin.

Mein Herz setzt kurz aus.

„Ich hab mich um ihre Haustiere gekümmert", erklärt sie nun mit wichtiger Miene. „Das reicht mir langsam."

„Sie war also seither nicht hier?"

„Nein, das sage ich doch!"

Ich muss mich anlehnen, nur kurz. Die Nachbarin sieht es.

„Was haben Sie denn? Geht es Ihnen nicht gut?"

„Nein, nein, alles in Ordnung." Ich richte mich auf. „Wer füttert Sibylles Tiere?"

„Na, ich, wie gesagt. Aber keinen Tag länger. Das Füttern geht ja, aber Käfige putzen, darauf kann ich verzichten …", jammert sie. „Und ich fahre heute noch weg."

Ich klopfe mir die weiße Wandfarbe von der Jacke und flüstere „Adieu!" durch Sibylles Haustür. Zur Nachbarin stammle ich ein „Danke" und taste mich langsam die Treppe hinunter.

Ich gehe. Ich drehe mich nicht mehr um. Richtung Straßenbahnhaltestelle. Ich sehe das Blaulicht schon von Weitem. Überall Blut, auf den Gleisen. Eine Lache wie ein roter, runder Teppich liegt über den Schienen. Darauf liegen zwei Plastiktüten, ausgekippt liegen kreuz und quer Möhren, Grünzeug und Toastbrot. Und dazwischen eine graue Bommelmütze, die sich halb mit Blut voll gesaugt hat und nun rot schimmert. Daneben ein Rollkoffer und eine riesengroße schwarze Handtasche.

Ich knicke in den Knien ein. Ein Fremder, der gerade vorbeigehen wollte, hält mich an den Schultern fest. Er bewegt den Mund. Ich höre nichts. Hektisch blinkt das sich drehende Blaulicht auf.

Die Türen vom Krankenwagen sind geschlossen. Er fährt los. Ich weiß auch so, wer drinnen liegt.

Ein Pärchen steht an einen Streifenwagen gelehnt. Die junge Frau weint, aus dem Mund des Mannes sprudeln Worte. Ein Polizist schreibt sie auf seinen Block. Er kann sehr schnell schreiben.

Ich sinke auf die Bank an der Haltestelle. Erst als es dämmert, merke ich, dass ich immer noch dort sitze. Meinen Flug habe ich verpasst. Diesmal wirklich. Ich stehe auf und gehe.

Heim.

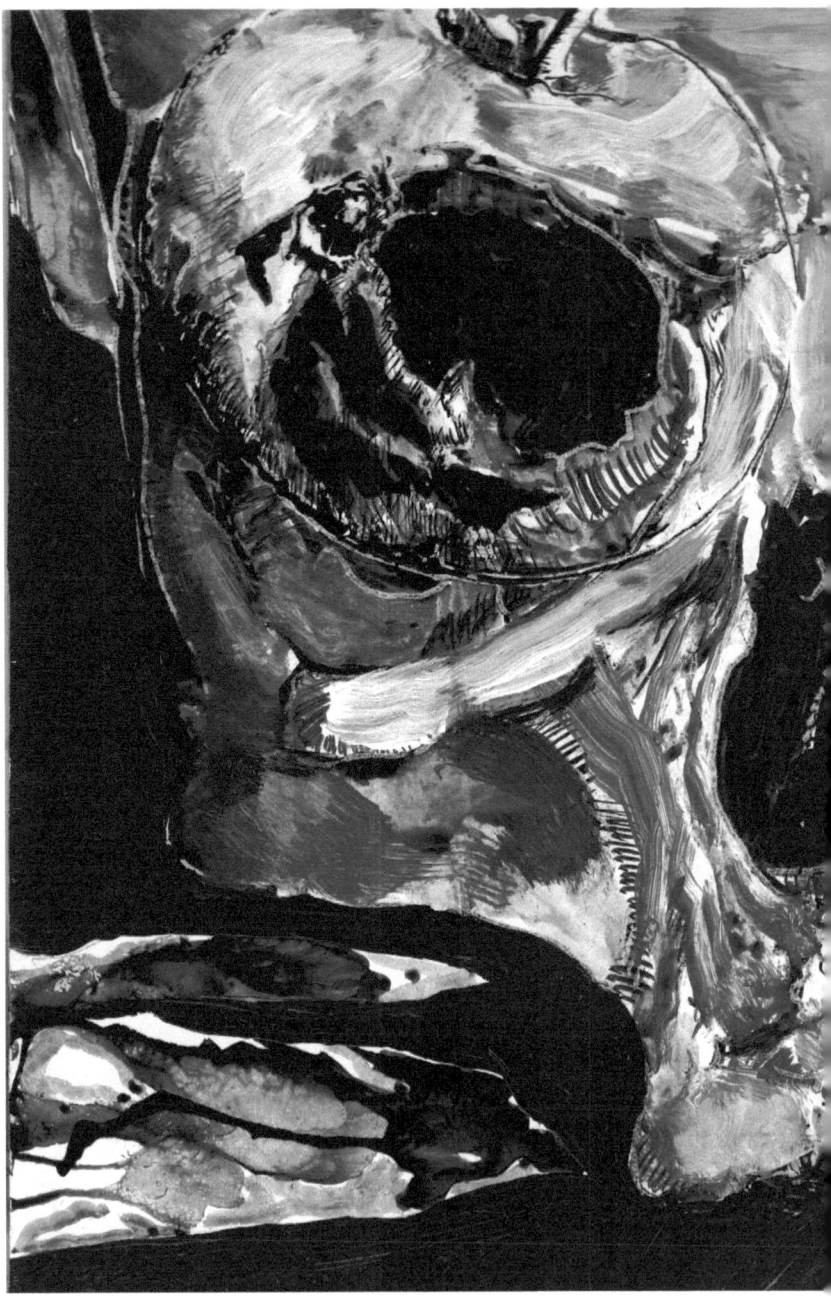

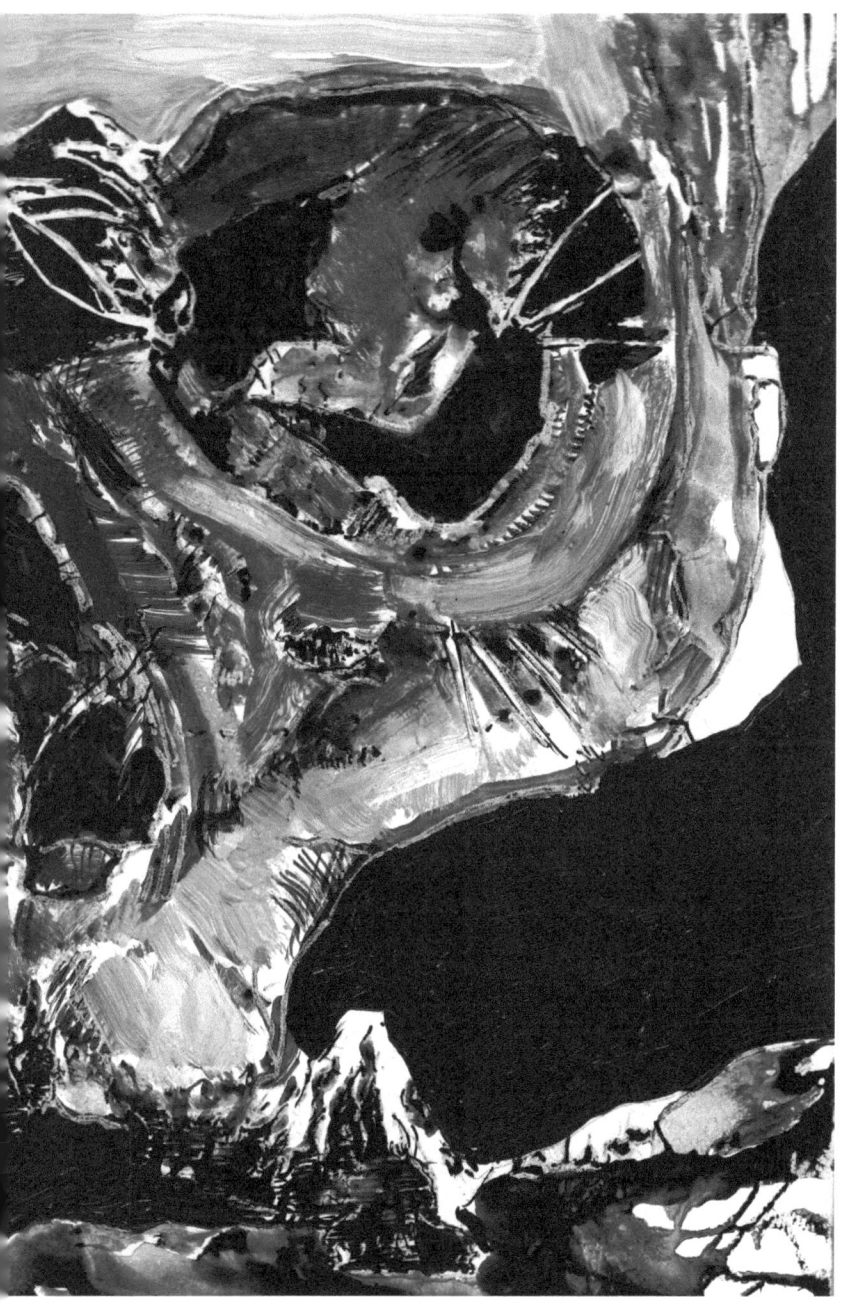

EPILOG

So nimm denn meine Hände
Und führe mich
Bis an mein selig Ende
Und ewiglich!
Ich mag allein nicht gehen,
Nicht einen Schritt;
Wo du wirst gehen und stehen
Da nimm mich mit.

In dein Erbarmen hülle
Mein schwaches Herz
Und mach es gänzlich stille
In Freud und Schmerz.
Lass ruhn zu deinen Füßen
Dein armes Kind;
Es will die Augen schließen
Und glauben blind.

Wenn ich auch gleich nicht fühle
Von deiner Macht,
Du bringst mich doch zum Ziele,
Auch durch die Nacht.
So nimm denn meine Hände
Und führe mich
Bis an mein selig Ende
Und ewiglich.

Text: Julie von Hausmann, Melodie: Friedrich Silcher

NACHWORT
Von Sonja Weiher

Mit viel Liebe zur Sprache und einem guten Instinkt für stimmige Bilder schreibt Tanja Binder ihren Roman „Meine Toten". Das pralle Leben wird auf rund hundert Seiten gemalt – ohne Scheu vor schrägen Tönen und menschlichen Abgründen und trotzdem mit viel Feingefühl für ihre Protagonisten. Man muss diese nicht mögen, aber dank Binders Darstellung kann man verstehen, warum sie so sind, wie sie sind.

„Meine Toten" ist der erste Roman der Autorin, die jedoch seit vielen Jahren schreibt. „Als Jugendliche, versuchte ich durch das Schreiben unangenehme Zustände zu überdauern", sagt sie selbst über ihre literarischen Anfänge. Nach einer längeren Phase der Abstinenz, fand Tanja Binder vor einigen Jahren wieder zum Schreiben. Seitdem verfasst sie überwiegend Kurzgeschichten. Im Visier hat sie meist Randfiguren der Gesellschaft, die um ihr Glück ringen müssen. Die Autorin hat einen scharfen Blick für die vermeintlich kleinen Dinge im Leben und einen hintersinnigen Humor – etwa, wenn sie von einem Terroristen mit Flugangst erzählt, der just in einem Flugzeug ein Selbstmordattentat ausführen soll.

Auch „Meine Toten" war zunächst als Kurzgeschichte angelegt, die Tanja Binder für die österreichische Zeitschrift „Bob" geschrieben hat – für eine Ausgabe, die unter dem Thema „Abschied" firmierte. Doch die Geschichte war damit noch nicht zu Ende erzählt und der Roman folgte. Inspiration für ihre Hauptfiguren fand Tanja Binder im eigenen familiären Umfeld. So faszinierten sie als Kind die Speisen und die ungewöhnliche Sprache der Großeltern, die wie die Maslovas und die Schusters Deutschbalten und Ungarndeutsche waren.

Nach „Meine Toten" arbeitet die 44-Jährige zurzeit an einem zweiten Roman, der, in kurzweiligem Ton erzählt, im Studentenmilieu spielt. Er spiegelt die Stimmung der 1990er Jahre wider und erzählt von nichts weniger als der Suche nach dem Sinn des Lebens und nach der großen Liebe.